Für Bu

Ich bin Robin

- Die Geschichte einer Seele -

von

Lena-Eowyn Dienelt

Bibliografische Information der Deutschen Nationalbibliothek: Die
Deutsche Nationalbibliothek verzeichnet diese Publikation in der
Deutschen Nationalbibliografie; detaillierte bibliografische Daten sind
im Internet über dnb.dnb.de abrufbar.

1. Auflage
© 2023 Lena-Eowyn Dienelt
Herstellung und Verlag: BoD – Books on Demand, Norderstedt

ISBN: 9783757812898

Vorwort

Liebe Leser,

hey von mir an euch! Dieses Buch vor euren Augen ist eines meiner Herzensprojekte. Es ist entstanden, nachdem ich meinen Job grundlegend verändert sowie meine Wohnung gekündigt habe und gemeinsam mit einem verrückten, uralten Chihuahua-Mischling in einen Bus gezogen bin, um durch die Welt zu reisen. Irgendwann, an einem einsamen Strand in Sardinien im Februar 2022, fing ich an zu schreiben. Das Ergebnis haltet ihr heute in euren Händen.

Wenn ihr euch entschließt weiterzulesen, könnte es sein, dass ihr im Laufe des Buchs Irritationen oder sogar inneren Widerstand in euch erlebt. Wenn das so ist, dann bitte: Haut rein und macht genau so weiter! Lest dieses Buch mit wachem Geiste, seid kritisch, deckt Widersprüche auf, diskutiert sie und findet Lösungsansätze, die zu euch und eurer Wahrheit passen. Das wäre mir zumindest die liebste Herangehensweise an diese Geschichte.

Ein kleiner Disclaimer darf an dieser Stelle nicht fehlen. Sämtliche Ähnlichkeiten von Figuren in dieser Geschichte zu realen Personen sind selbstverständlich rein zufällig.

Und nun: Viel Spaß mit dem Geschriebenen. Es war mir ein Fest, es zu verfassen.

Kapitel 1: Ich bin Robin

Die schwere Eichentür mit den bunten, eingelassenen Gläsern fiel geräuschvoll hinter mir ins Schloss, als ich aus dem Treppenhaus in den Wohnungsflur glitt und ich erntete, wie meistens, wenn so etwas geschah, irritierte Blicke. Wenn ich ein Geräusch verursachte, zu laut oder zu präsent war, wirkte das in der Regel erschreckend auf die Menschen um mich herum. Normalerweise gelang es mir gut, leise zu sein, doch manchmal vergaß ich es einfach. Hin und wieder war ich auch schlicht unachtsam, stieß an einen Blumentopf, der dann zu Boden fiel oder fegte aus Versehen Blätter von einem Tisch. Alles kein Problem, könnte man meinen, und für einen Menschen aus Fleisch und Blut wäre das auch zutreffend gewesen. Da ich mich von meiner körperlichen Hülle jedoch bereits einige Monate zuvor - es müssten etwa drei oder vier gewesen sein - getrennt hatte, waren die Reaktionen der anwesenden Personen auf meine kleinen Ausrutscher entsprechend angstvoll.

Es war nicht so, dass ich Leute gern erschreckte, aber die menschlichen Gewohnheiten loszulassen, die oft exakt dazu führten, war kein leichtes Unterfangen. Wie lange ich mir, nachdem ich meinen Körper verlassen hatte, noch abends die Zähne putzte oder mein Handy suchte, war absurd. Ich musste mich bei manchen Dingen ungemein konzentrieren, um die Automatismen des menschlichen Alltags zu unterlassen. Einmal wollte ich mir eine schöne, kalte Limonade aus dem Kühlschrank genehmigen und richtete eine riesige Sauerei an, weil die Aufnahme jeglicher Nahrung für mich so gut wie unmöglich ist. Das Loslösen aus dem Autopilotenmodus und den damit verbundenen, unbewusst ablaufenden Handlungen, die ich als Mensch Tag für Tag wiederholt hatte, war anstrengend, wenn auch spannend. Mir wurde überraschend langsam bewusst, in wie viele kleine, dünne und unsichtbare Fädchen ich in meinem Alltag versponnen gewesen war. Jedes einzelne dieser Fädchen musste ich nun in mühevoller Kleinstarbeit ablösen, hinter mir lassen, loslassen. Ja, Loslassen war mein großes Thema, seitdem ich dahingeschieden war.

Wie dem auch sei: Heute stand ich im Flur meiner Wohnung in einem schicken Altbauviertel einer mittelgroßen, mitteleuropäischen, mittelalten und mittelschönen Stadt und fühlte mich ziemlich verloren und allein.

Zu Lebzeiten war ich eine junge, aktive Frau gewesen, die ihre berufliche Bestimmung in der Fotografie gefunden hatte. Ich kannte mich aus mit Kameraeinstellungen und Bildbearbeitungsprogrammen, wusste, in welchen Winkeln ich Models ablichten musste, um ihre optischen Vorzüge zu unterstreichen, und wie ich ihnen Anweisungen gab, die sie gut umsetzen konnten.

Vom Sterben allerdings hatte ich keine Ahnung gehabt. Rückblickend betrachtet wahrscheinlich auch nicht vom Leben, doch diese Erkenntnis war noch recht frisch. Als Mensch hatte man mich Susan genannt. Ich hatte das Meer geliebt, viele Reisen unternommen und am liebsten Sushi gegessen. Ich war Realistin gewesen und hatte mich als Atheistin bezeichnet. Mit Spiritualität oder gar übermenschlichem Krimskrams außerhalb des wissenschaftlichen Spektrums hatte ich nie viel am Hut gehabt. Ganz im Gegenteil hatte ich die *Heilsteinfanatiker* und *Esoteriktanten*, wie ich sie damals unfreundlich getauft hatte, meist mit einem abwertenden Lächeln betrachtet. An Geister zu glauben, lag mir fern. Aber nun war ich wohl einer oder jedenfalls so etwas Ähnliches.

Konnte man etwas sein, an das man gar nicht wirklich glaubte? Als ich mir das erste Mal diese Frage stellte, erfüllte sie mich mit Angst und Selbstzweifeln. Dann entsann ich mich, wie oft Menschen etwas taten, wovon sie nicht überzeugt waren, woran sie offensichtlich selbst nicht glaubten. Beim sorgfältigeren Nachdenken darüber schien es mir regelrecht in Mode zu sein, das eigene Leben nach äußeren Richtlinien zu gestalten, ob man an diese glaubte und hinter ihnen stand oder nicht. Ich erinnerte mich an eine entfernte Bekannte, die mir nach einem Workshop zum Thema Sportfotografie in einem stillen Moment offenbart hatte, wie sehr sie ihren Beruf verabscheute.

Sie hatte damals gesagt: „Wenn ich das Geld nicht bräuchte, würde ich nie wieder eine Kamera anfassen. Ich würde mit Kindern arbeiten und Jugendprojekte aufziehen. Eine Umschulung könnte ich mir allerdings im Leben nicht leisten. Ich glaube, ich werde niemals richtig zufrieden sein, aber das ist Jammern auf hohem Niveau."

Sie war Fotografin, obwohl sie keine sein wollte, und sie widmete ihr Leben dem Geldverdienen, obwohl sie nicht glaubte, dadurch glücklich zu werden.

Leider kannte ich viele Menschen, die taten, woran sie nicht glaubten und Rollen spielten, die sie nicht mochten. Also konnte auch ich wohl etwas sein, an das ich nicht glaubte. In meinem Fall eben eine Art Geist. Vielleicht traf es auch das Wort *Seele* besser, denn wie ein klassisches Gespenst aus Kindererzählungen und Gruselgeschichten erlebte ich mich eigentlich nicht. Vollkommen klar war mir demzufolge nicht, was ich war, aber ich wusste, als Susan hätte ich niemals daran geglaubt.

Nach dem Abdanken aus meinem atmenden Körper hatte ich beschlossen, mir einen neuen Namen zuzulegen. Ich hatte zwar Arme, Beine, Knochen und so manche Nervenzelle eingebüßt, mein Bewusstsein und mein Ich-Empfinden jedoch behalten. Mir schien es trotzdem unpassend, als ein Wesen ohne Susans lange Wimpern, ihre knubbeligen Knie und ihre wilde blonde Mähne noch den gleichen Namen zu tragen. Da mir auch jegliche geschlechtertypischen Merkmale fehlten, nannte ich mich Robin. Ich mochte den Namen, denn er passte sowohl für Mädchen wie auch für Jungs und außerdem mochte ich Rotkehlchen, deren englische Bezeichnung *robin* lautete.

Als Robin warf ich also die Tür meiner Altbauwohnung ins Schloss und die jetzige, lebendige Mieterin der Wohnung, die diese mit vielen Einkaufstüten bewaffnet unmittelbar vor mir betreten hatte, fuhr erschrocken zusammen.

Sie blickte sich irritiert um und rief nervös: „Ist da jemand?"

Ihre hellen blauen Augen zuckten dabei von links nach rechts und von oben nach unten. Wenn die Menschen den Lebenden so viel Aufmerksamkeit schenken würden, wie den Toten, was wäre diese Welt wohl für ein Ort?

Birte, so hieß die Einkaufstütenfrau, war eine 30-jährige Psychotherapeutin, die Spaghetti Bolognese und Musik der 70er-Jahre liebte, zu der sie ausgelassen tanzte, wenn niemand zusah. Ihr langes glattes hellbraunes Haar mit dem sanften Rotstich, das sie sonst meist zu einem praktischen Zopf geflochten hatte, der ihr bis fast auf die Hüften baumelte, schüttelte sie dann wild und genoss das Gefühl, wenn ihre lange Mähne durch die Luft flog. Sie hatte lebhafte Augen und Sommersprossen auf der Stupsnase, die sie manchmal zählte, wenn sie vor ihrem Spiegel im Badezimmer stand.

Außerdem lebte sie gemeinsam mit einer Dalmatiner-Mischlingsdame, die den einfallslosen Namen Dotty trug und mit der sie eine innige Freundschaft verband. Bei ihren vielen gemeinsamen Waldspaziergängen erzählte Birte der Hündin all ihre Probleme und neuen Erlebnisse, während Dotty geduldig an ihrer Seite lief, die zahllosen Gerüche der Natur genoss und ihrem Frauchen andächtig lauschte.

Neulich war mir aufgefallen, wie gut ich Birte bereits kannte, obwohl wir noch gar nicht so lange zusammenwohnten. Ich wusste vermutlich eingehender über sie Bescheid als über viele Freundinnen, die ich als Susan gekannt hatte.

Um Frauchen und Hündin nicht weiter aus der Fassung zu bringen, öffnete ich leise das Fenster der Gästetoilette und kreierte so einen Windhauch. Birte verstand sofort und nahm an, die Haustür sei durch den Luftzug zugefallen. Die dadurch eintretende Erleichterung in dieser nicht ganz freiwilligen Wohngemeinschaft wurde von Dotty geteilt.

Zu der Hündin hatte ich von Beginn an eine ausgesprochen besondere Beziehung. Sie war eine aufgeweckte, vorlaute Hundedame, deren Gedanken häufig ungetrübt und deutlich bei mir ankamen. Es war nicht so, dass wir telepathisch miteinander kommunizieren konnten, doch wenn ich mich darauf einließ, konnte ich ihrem fortwährenden inneren Hundemonolog lauschen. Sie hingegen nahm mich anscheinend wie einen absolut normalen Menschen wahr und hatte mich prompt in ihr Herz geschlossen. Ich sprach also nicht mit ihr, sie auch nicht mit mir, ich konnte allerdings zwischendurch ihre Gedankengänge verfolgen. Eine irgendwie übergriffige Situation, wie ich fand, aber diese neue Geisterfähigkeit von mir war nun einmal da.

Die Wohnung, in der wir gemeinsam lebten, hatte ich noch als Susan angemietet und liebevoll renoviert. Für zwei Jahre war sie mir ein gemütliches und wunderschönes Zuhause gewesen. Ich liebte das

Echtholzparkett, die hohen Stuckdecken und die Flügeltüren mit den Milchglasfenstern. Wenn ich im Frühling in der Küche bei meinem morgendlichen Kaffee saß, fielen die ersten warmen Sonnenstrahlen direkt durch das schmale Fenster zum Hof auf den Küchentisch und ich konnte die Morgensonne bereits genießen, wenn es draußen noch knackig kalt war. Auch die große Badewanne, die ich mit Susans Körper regelmäßig benutzt hatte, war mir in wohliger Erinnerung geblieben.

Da ich kein Wärme- und Kälteempfinden mehr hatte und auch den Unterschied zwischen nass und trocken nicht wahrnahm, war Baden ziemlich sinnloser Quatsch für mich als Robin. Trotzdem erinnerte ich mich voll Wohlbehagen an das Gefühl, im Wasser zu liegen, von der Wärme getragen zu werden und dabei den herrlichen Duft von Bergamotte und Minze genussvoll zu erschnuppern. Das fehlte mir in der Tat beträchtlich. Außerdem vermisste ich den Geschmack von Zimt in meinem Morgenkaffee und von Kaffee generell. Wenn man nicht schmecken kann, wünscht man sich rasch nichts sehnlicher als einen Moment des achtsamen, geschmackvollen Genusses. Wenn ich heute noch mal richtig essen oder trinken könnte, ich würde mir zehn Minuten Zeit für einen Schluck Kaffee nehmen. Ich würde Schokolade nicht achtlos aufessen, ohne sie zu würdigen, sondern jedes Stückchen langsam vollständig in meinem Mund zergehen lassen, das herrliche Kakaoaroma schmecken und die Süße, die vorne auf der Zunge so herrlich wirkte. Das alles ging nicht mehr. Kein Zimt, kein Kaffee, keine Bergamotte, keine Schokolade.

Genau das löste das Gefühl des *Verlorenseins* aus, mit dem ich heute in die Wohnung kam. Mir war zuvor in der Stadt, die allmählich aus ihrem Winterschlaf erwachte und den Frühling willkommen hieß, wieder schmerzlich bewusst geworden, was mir alles nicht mehr möglich war. Wie bei vielen Menschen zog es mein Bewusstsein wie magnetisch auf die Dinge, die nicht gingen. Dabei blendete ich den Teil, der ging und funktionierte, fast lückenlos aus. Heute zog mich das runter. Es wirkte auf mich wie ein Strudel aus unangenehmen Gefühlen. Ich versuchte zwanghaft, mich abzulenken, an etwas Schönes zu denken und meinen Fokus zu verändern. Dies gelang mir nicht sonderlich gut, sodass ich noch erbarmungsloser in diesem scheinbar bodenlosen Gefühl versank.

Schon als ich noch ein schlagendes Herz in einem relativ sportlichen Körper gehabt hatte, und meine Gehirnzellen motiviert von A nach B gefunkt hatten, war es mir mit unschönen Gefühlen so ergangen. Je mehr ich sie wegschob, mich ablenkte und mich nicht mit ihnen auseinandersetzte, desto größer wurden sie. Ein bisschen, wie wenn man versuchte, nicht an einen gelben Elefanten mit rosa Punkten zu denken: Je fester man beschloss, es zu unterlassen, desto zahlloser wurden die bescheuerten gelben Elefanten, die durch das mentale Bild spazierten, obwohl man wahrscheinlich vorher noch nie an ein solches Tier gedacht hatte.

Ich blieb also vorerst in meinem gefühlten Abwärtsstrudel und breitete mich über der hellgrauen Couch im Wohnzimmer aus. *Sich ausbreiten* nannte ich es, wenn ich Raum ausfüllte, was eine der netteren Eigenschaften von mir als Geisterwesen war. Als Robin konnte ich mich, so ähnlich wie eine kleine Wolke, breitmachen und einen großflächigen Raum erfüllen oder mich zusammenziehen und nur ein wenig Luft einnehmen. Ich konnte mich auch unter die Decke hängen, einen Gegenstand umschließen oder mich wie ein nasses Handtuch über eine Stuhllehne legen. Meine Konsistenz war ein gelungenes Konstrukt. Am nächsten kam sie wahrscheinlich einem gasförmigen Zustand, obgleich es das nicht perfekt traf.

Ich erfüllte also in aller Ruhe den Raum über der Couch und fuhr

Plan B mit meinem verlorenen Gefühlszustand: Ich begab mich mit all meinem Bewusstsein in eben dieses Gefühl hinein. Ich nahm es wahr, sein bodenloses, haltloses, verzweifeltes Ziehen, das ich als Susan in der Magengrube gefühlt hatte und als Robin in meiner gesamten Existenz spürte. Dann dehnte ich mich langsam aus, zog mich wieder zusammen und blieb eine Weile dabei, ohne jeden Versuch, die innere Regung zu verändern oder zu beeinflussen. Manchmal dauerte es kurze Zeit, aber in der Regel setzte bald eine Art genussvolle Wahrnehmung des ursprünglich unangenehmen Gefühlszustandes ein, der damit wesentlich angenehmer wurde. Ich fühlte mich augenblicklich nicht weiterhin im Zentrum des Gefühls gefangen, sondern wie jemand, der eine Szene beobachtete, und beschrieb, was da vor sich ging.

So verlor das Gefühl allmählich seinen Schrecken und ein glucksendes, friedvolles Kribbeln machte sich in mir breit.

Kapitel 2: Meet and Greet mit der Traurigkeit

Diese wesentlich tolerantere Form, eine Emotion wahrzunehmen, verdankte ich einer besonderen Begegnung, die ich vor einigen Wochen erleben durfte. Birte war zu dieser Zeit noch nicht lange meine Mitbewohnerin. Sie war gerade frisch von ihrem Partner getrennt, mit dem sie 12 Beziehungsjahre verbracht hatte.

Als sie einzog, steckte sie voller Tatendrang und Aktionismus. Sie rotierte in den ersten Tagen wie ein Brummkreisel durch meine Wohnung, putzte alle Fenster, schrubbte die Fliesen im Bad und strich die Wände neu. Zum Glück in der gleichen, cremeweißen Farbe, die ich damals noch ausgewählt hatte. Unser Geschmack ähnelte sich in vielerlei Hinsicht, was mir hin und wieder eine leise Freude bereitete und mich vor dem ein oder anderen inneren Konflikt bewahrte: Hätte mir die neue Wandfarbe nicht gefallen, hätte ich die Wände wieder umstreichen können. Dinge zu bewegen gelang mir mittlerweile spielend leicht, nur wie hätte das bitte auf meine neue Mitbewohnerin wirken sollen? Im besten Falle schräg …

Birte war also in dieser Zeit überaus motiviert, ihre neue Umgebung hübsch zu gestalten. Sie versuchte damit, ihre Traurigkeit und ihre Ängste im Zaum zu halten. Auch bei ihr funktionierte die Sache mit dem Wegschieben von Gefühlszuständen mehr schlecht als recht. Präziser gesagt, sie funktionierte überhaupt nicht.

Nach etwa einer Woche des Einlebens in der Wohnung klopfte es an einem Nachmittag zaghaft und leise an der Fronttür. Zumindest für mich, die ich das behutsame Klopfen bereits beim ersten Mal hörte.

Birte reagierte nicht und schnippelte unbehelligt munter Zucchini, Paprika und Auberginen für einen Gemüseauflauf. Es klopfte nochmals, diesmal lauter, wenn auch noch immer zögerlich. Keine Reaktion seitens der lebenden Köchin, aber Dotty begann zu bellen. Jetzt hämmerte es an der Tür und Dotty rastete förmlich aus. Birte legte den Kochlöffel beiseite und tappte verwundert durch die Wohnung. Sie kontrollierte die Fenster, die Schränke und Zimmer, um Dottys Irrsinn nachzuvollziehen. Natürlich fand sie nichts und so machte sie sich suchend auf den Weg zur Wohnungstür. Sie murmelte leise:

„Ob diese Klingel tatsächlich schon nach einer Woche ihren Geist aufgibt?"

Ich freute mich über diesen Ausdruck. *Den Geist aufgeben,* fand ich eine so charmant unzutreffende Redewendung. Sie brachte auf den Punkt, wie schlecht die Menschen verstanden, dass Dahinscheidende alles aufgeben konnten, aber manchmal eben nicht ihren Geist.

Ich konzentrierte mich wieder auf Birte, die soeben die Tür der Wohnung öffnete.

Sofort schlängelte sich eine alte, modisch gekleidete Dame mit riesigen blauen Augen hinter einer dicken Nickelbrille in die Wohnung. Ihr lässig um den Hals geschlungener Schal hing beinahe bis auf den Boden.

Sie brummte verärgert: „Na endlich, meine Güte. Wenn Leute sich ständig so wehren müssen, macht mich das einfach so was von wütend!" Mit diesen Worten wandte sie sich Birte zu, legte den Kopf schief und überlegte kurz. Mit einer für ihr vermeintliches Alter viel zu raschen Bewegung zog sie dann plötzlich meiner Mitbewohnerin ihren Gehstock über den Schädel. Diese stand verdattert vor der Tür, blickte in den leeren Hausflur und brach beim Aufprall des Stocks auf ihre Schläfe in Tränen aus. Es dauerte einen Augenblick, bis ich begriff, dass sie die alte Dame nicht sehen konnte, ihre Berührung hingegen sehr wohl zu spüren schien. Birte hatte zwar keinen körperlichen Angriff durch den Stock der seltsamen Frau gefühlt, jedoch offensichtlich einen emotionalen Schlag, so viel verstand ich schnell.

Dotty freute sich trotzdem wie ein kleiner, gepunkteter Keks und hüpfte um die Dame mit ihrem langen Schal und dem schicken Kostüm herum. Sie schien keine Angst vor dem radikalen Auftritt der kleinen Frau zu haben und ebenfalls keinen Anlass zu sehen, ihr Frauchen vor ihr zu beschützen. Die schicke, kleine Person betrachtete warmherzig lächelnd den freudigen Hund. Dann hob sie leicht ihre kleine, mit vielen Juwelenringen bestückte Hand und der Hund beruhigte sich sofort. Schwanzwedelnd verschwand Dotty in ihrem Körbchen.

„Und nun zu dir", raunte die Frau in Birtes Richtung und legte ihr sanft, aber bestimmt, eine Hand auf den Rücken zwischen die Schultern. Da sie ziemlich klein war, reckte sie sich dabei in die Höhe und musste sich auf ihre Zehenspitzen stellen.

Ich beobachtete gespannt, was geschah. Birte hatte nach der Attacke mit dem Gehstock weinend die Wohnungstür zugestoßen und sich schluchzend mit dem Rücken gegen diese gelehnt. Schließlich hatte sie sich etwas gefasster auf den Rückweg ins Wohnzimmer gemacht. Bei der erneuten Berührung der schicken Dame sank sie jedoch mitten in ihrer Bewegung kraftlos auf den Teppichläufer im Wohnungsflur zusammen und stille Tränen flossen erneut über ihre geröteten Wangen.

Die kleine Frau nahm sie behutsam in den Arm und murmelte leise Worte. Dann ließ sie kurz von meiner Mitbewohnerin ab und flüsterte ihr zu: „Dreh den Herd ab."

Birte stand wieder auf, wanderte benommen in die Küche und tat, wie ihr geheißen wurde. Da stand die Dame, flink wie eine Wühlmaus, im Nu wieder hinter ihr, strich ihr zart über die Unterarme und löste damit einen erneuten Weinanfall bei Birte aus. Beide setzten sich auf den dicken dunkelgrauen Teppich auf dem Wohnzimmerboden und die kleine Frau hielt zart Birtes Hände. Diese schluchzte und schluchzte, bis sie fast keine Luft mehr bekam.

„So ist es gut, Mädchen", grummelte die Alte. „Jetzt bekommen wir die Sache so langsam wieder hin."

Von mir hatte bisher keiner Notiz genommen. Da ich mich leise verhielt und die alte Dame mir den Rücken zukehrte, wunderte mich das nicht.

Umso erstaunter war ich, als die Frau plötzlich in meine Richtung freundlich meinte: „Liebes, ich habe grade zu tun. Wir können uns gleich noch mal zusammensetzen. Du kannst ja schon mal einen Tee kochen."

Ich fiel vor Schreck von meinem Platz über dem Küchenschrank und knallte auf den Tresen, wobei das Brett mit den Zucchinistückchen hinuntergestoßen wurde.

Birte heulte auf: „Das auch noch, war ja klar! Wenn's läuft, dann richtig!", und weinte entschlossen weiter.

Die kleine Dame mit den großen Augen lächelte mir zu und meinte: „Nicht schlimm, so gehört das und so ist es gesund. Wir bekommen das Mädel wieder hin. Lass das mit dem Teewasser, hätte sowieso einen zu hohen Gruselfaktor gehabt, wenn plötzlich der Wasserkocher losblubbert. Mach es dir bequem und schau zu."

Ich breitete mich in einer Ecke über dem Esstisch aus und beobachtete, wie die Dame einen pechschwarzen Kreis vor Birte in die Luft zeichnete.

Birte weinte restlos verzweifelt, während die Alte ihr sanft den Rücken kraulte, über die langen Haare strich und beruhigende Worte flüsterte.

So saßen die beiden gemeinsam für Stunden auf dem Teppich. Birte schniefte und sprach lange mit sich selbst über ihre vergangene Beziehung: Die schönen Stunden, die sie mit ihrem Ex-Freund erlebt hatte, den wunderbaren Sex, die romantischen Sonnenuntergänge zu zweit und all die gemeinsam erlebten Eindrücke. Es war ein berührendes, weiches Bild voller Liebe und Zuwendung. Schließlich erschuf die kleine Oma ein sanftes Licht, ähnlich einer Kerze, mitten in dem schwarzen Kreis und Birte beruhigte sich langsam. Sie sank in sich zusammen, rollte sich ein und ließ die Augen zufallen. Dotty legte sich zu ihrer Besitzerin, leckte ihr sanft über die tränenfeuchten Wangen und beide schlummerten schließlich ein.

Ich konnte mich nicht zurückhalten und breitete die kuschelige Couchdecke über Birte aus, die ein Bild des Friedens abgab, wie sie dort lag. Leise schnarchend verarbeitete sie im Traum alles, was ihr soeben bewusst geworden war. Sie hatte die alte Frau nicht gesehen, ihre Gegenwart aber scheinbar in aller Eindringlichkeit gefühlt. Birtes Müdigkeit und Erschöpfung waren für mich daher nicht verwunderlich.

Ich hingegen sah die Frau und wandte mich neugierig an sie. „Was ist denn hier eben geschehen?", fragte ich leise.

„Na ja, Birte ist eine alte Seele, die viel gesehen hat. In ihrem jetzigen Körper hat sie trotzdem noch nicht reibungslos Zugang zu all ihren Gefühlen. Sie hat in ihrer Kindheit von ihren Eltern öfter Sätze gehört wie: ‚Stell dich nicht so an' und ‚Reiß dich mal zusammen'. Diese Sätze haben sie geprägt und sie werden besonders dann noch heute aktiv, wenn Birte eigentlich etwas verarbeiten möchte und zum Beispiel traurig ist. Sie verbietet es sich dann regelrecht, ihr Gefühl zu spüren und versucht, sich mit allen möglichen Handlungen davon abzulenken. Sie funktioniert dann wie ein Roboter. Spätestens in ihrem Studium hat sie eigentlich gelernt, Gefühle nicht wegzudrängen, sondern offen und achtsam mit ihnen umzugehen. Das vermittelt sie ihren Patienten auch nahezu in Perfektion, allerdings übt sie noch, es auch für sich selbst zu tun. Sie hat bereits viel für sich aufgearbeitet und mehr und mehr begonnen, diesen Umgang mit dem Fühlen nicht nur ihren Patienten zu erzählen, sondern auch für sich selbst anzuwenden. Jedoch fällt ihr die eigene Umsetzung vor allem im Bereich der Beziehungen in Kombination mit Trauer noch schwer.

Während ihrer Zeit an der Universität hat sie einen Mann kennengelernt und mit ihm eine Partnerschaft begonnen. Auch dabei haben ihre unterdrückten Gefühle gewirkt und die Beziehung erschwert. Ihr Freund hatte ebenfalls nicht gut gelernt, mit Gefühlen umzugehen, und so fehlte dieser Teil in ihrem Miteinander. Je länger das ging, umso unerträglicher wurde es, ungesunde Muster bohrten sich tief in die gemeinsame Zeit und letztlich sah Birte keinen anderen Weg, als die Trennung. Nun ist sie hier. Getrauert hat sie in all den Jahren selten. Nicht um ihre vor Jahren verstorbene Großmutter, nicht um die aufgegebenen Träume und auch nicht um die Anteile von ihr, die durch das harte Regiment ihrer Eltern ziemlich verletzt wurden. Es wurde also höchste Zeit, dass sie damit anfängt, wie du siehst."

Als Susan wäre es mir wohl kalt den Rücken heruntergelaufen, denn ich begann zu verstehen, wen ich da vor mir hatte.

Ich nahm allen Mut zusammen und fragte: „Wer bist du?" Mehr bekam ich nicht heraus.

Die alte Frau richtete ihre funkelnden blauen Augen auf mich, schmunzelte und sagte: „Ich, mein Herzchen, ich bin die Traurigkeit."

Mir fiel die nicht vorhandene Kinnlade herunter. „Im Leben nicht!",
antwortete ich, hatte ich mir die Traurigkeit doch bisher als ein ekel-
haftes Monster mit Reißzähnen vorgestellt.

Die alte Dame lachte auf. „Im Leben nicht? Dein Ernst? Du bist tot!
Hast du das noch nicht bemerkt?"

Ich blickte kurz beschämt zu Boden, musste dann jedoch selbst
kichern. „Okay, das war vielleicht eine verfängliche Ausdrucksweise.
Ich hatte nur so ein anderes Bild von dir. Wieso kann ich dich so oft
fühlen, jetzt aber zum ersten Mal sehen? Was genau bist du? Auch ein
Geist?"

Die Traurigkeit hockte sich auf einen der gepolsterten Stühle am
Esstisch, ihr langer Schal fiel auf den Teppich. Sie ließ mit einer
Handbewegung ein Tässchen Tee vor sich erscheinen und schlug die
Beine übereinander. „Das sind viele Fragen", meinte sie. „Ich will es
versuchen zu erklären. Ich bin, was wir alle sind: Ich bin Bewusstsein,
ich bin nichts und ich bin alles in einem", antwortete sie kryptisch.
Dann wurde sie deutlicher: „Normalerweise fühlen mich die Wesen
dieser Welt als Emotion, aber manchmal, wenn Not am Mann ist,
sozusagen, drücke ich mich in dieser Form aus. Dann bündele ich
mich in dieser Gestalt und gehe zu den Menschen. Ich helfe ihnen,
mich lebhaft und heftig zu fühlen, damit sie ihre Wunden erkennen
und beginnen können, sie zu heilen. Ich lasse sie all die Erkenntnisse,
die in mir schlummern, begreifen. In diesen Momenten sehen sie mich
natürlich trotzdem nicht, sie fühlen mich allerdings immens kraftvoll.
Für Birte brauchte es mich in dieser gebündelten Form, weil sie all ihr
Wissen einsetzte, um mich nicht zu fühlen, dabei weiß sie es eigentlich
besser und hat gelernt, wie wenig zielführend meine Abspaltung oder
Unterdrückung ist. Sie hat fünf Jahre Psychologie studiert und im
Anschluss eine Weiterbildung als Verhaltenstherapeutin absolviert.
Glaub mir, sie weiß meistens, wie sie ihre Gedanken lenkt und welche

Aktivitäten sie braucht, um nicht zu stark in eine Emotion gesaugt zu werden. Bloß braucht es eben diese schonungslosen Gefühle hin und wieder, damit eine Erfahrung wirken kann."

Gedankenverloren grübelte ich laut: „Du bist die Manifestation der Traurigkeit, also ein Teil des Bewusstseins, das in uns allen ist und du bist ... gut?" Diese komplizierte Erklärung brachte mich noch nicht weiter und so meinte ich verdutzt: „Ich dachte, die Traurigkeit wäre schlecht. Also eigentlich maßlos widerlich und ätzend."

Schimmernde Tränen traten in die riesigen blauen Augen. Ich hatte sichtlich einen wunden Punkt getroffen.

„Ja", antwortete die alte Dame berührt, „viele Wesen denken das leider von mir. Sie wollen mich nicht fühlen, aber nur, weil sie nicht verstehen, wie ich wirke. Durch mich kann man wieder eins mit sich selbst werden, Geschehenes verarbeiten, und schließlich verstehen, was wirklich wichtig ist. Bitte lass also zumindest du diese Unterscheidung von gut und schlecht. Ich bin völlig einverstanden damit, Gefühle als angenehm und unangenehm einzuordnen, schlecht hingegen ist keins von ihnen. Sie alle haben ihre Funktion und durch die Bank steckt dahinter ein überaus liebevolles Motiv."

Ich war anhaltend verwirrt und wollte dies der alten Frau nicht vorenthalten: „So ganz habe ich die Sache mit dem Bewusstsein noch nicht verstanden, aber ich glaube, das Wichtigste ist, du bist hier, um zu helfen. Stimmt das?"

Die Traurigkeit hatte sich wieder gefangen und meinte leise: „Ich bin hier, um zu lieben. Also ja, ich bin sehr hilfreich, wenn man mich denn lässt."

In mir breitete sich ein wohliges Gefühl aus: „Okay, dann nehme ich mir mal vor, dich künftig netter zu behandeln, wenn du zu mir kommst."

„Na, das ist doch mal ein Anfang", blubberte die Traurigkeit in ihre Tasse Tee. „Wart mal ab, bis du Wut und Angst triffst, die zwei sind krass. Sei froh, dass du mit mir angefangen hast. Obwohl ich da besonders betonen muss, auch die beiden meinen es gut, sie schlagen jedoch öfter mal ein bisschen über die Stränge, jedenfalls für meinen Geschmack."

Etwas mulmig wurde mir bei diesen Worten. Eine Frage brannte mir noch unter den Nägeln: „Du bist kein Geist, wie ich. Du scheinst tiefer und größer zu sein. Kannst du mir sagen, warum ich noch in dieser Welt bin? Ich habe niemanden sterben sehen, seit ich tot bin, aber auch keinen anderen Geist, keinen wie mich. So richtig weiß ich gar nicht, was ich hier soll."

Die Traurigkeit verfiel in Stille, blickte in ihre Teetasse und veränderte ihre Sitzposition. Ich war noch ungeheuer irritiert davon, wie beweglich sie war, obwohl sie so alt wirkte. Sie drehte einen ihrer Ringe an ihrem kleinen Finger, einen mit einem violetten Amethyst, der geheimnisvoll funkelte.

Schließlich antwortete sie: „Das ist keine einfache Frage. Erst mal bin ich weder größer noch tiefer als du oder als sonst jemand. Bewusstsein ist in jedem Wesen dieser Welt gleich. Vielleicht könnte man sagen, ich bin etwas purer und weniger durchmischt als es bei den meisten anderen Wesen, die ihre Prägungen und Denkmuster mit sich herumschleppen, der Fall ist. Warum du ein Seelenwesen geworden bist und nicht, wie viele andere nach dem Tod ihrer Körper ins große Ganze zurückgeflossen bist, kann ich dir nicht unzweifelhaft sagen. Sieh es mal so, du kannst noch für eine Weile Erkenntnisse tanken auf dieser Welt."

Ich seufzte, brachte mir diese Antwort nicht wirklich Klarheit und fragte: „Hast du einen Rat für mich? Ich weiß gar nicht, ob ich meinen

Zustand, wie er aktuell ist, so schlimm finde. Er war am Anfang etwas ungewohnt, aber eigentlich passt das schon so für mich."

Die Traurigkeit stand auf und ging langsam Richtung Tür. Irgendwie wirkte ihr Gesicht jünger. „Ich denke, das ist die weiseste Form, mit einem neuen Zustand umzugehen. Nimm ihn an und mach was draus. Das ist mein Rat. Ach und eins noch: Du sagst, du wärst ein Geist - ich glaube, du bist eher eine Seele. Das momentan ausführlicher zu erklären, führt wahrscheinlich zu weit, trotzdem ist es nicht unwichtig."

Damit nahm sie ihren Gehstock, der auf dem Boden zwischen Wohnzimmer und Tür lag, drückte die vergoldete Klinke herunter, zwinkerte mir zu und verschwand.

„Mach was draus", murmelte ich. Da hätte ich mir von einem so ursprünglichen und puren Wesen, wie eurer Hoheit der Traurigkeit höchstpersönlich, etwas Eindeutigeres erhofft. Ich strich Dotty sacht über den Kopf und massierte gedankenverloren den Punkt zwischen ihren Augen. Die Hündin machte ein grunzendes Geräusch und kuschelte sich an Birtes Bauch, die wiederum mit einem Seufzer entspannt ausatmete.

Das war mir alles noch ein Stückchen zu hoch. Eben noch war es in meinem Leben um Belichtung und Farbzusammensetzungen gegangen und plötzlich kamen Themen auf wie Bewusstsein, manifestierte Emotionen und was weiß ich noch alles.

Ich beschloss, mich über dem Bett auszubreiten. Das tat ich selten, wenn Birte darin lag, weil sie davon manchmal unruhig wurde. Da sie jedoch auf dem Fußboden nächtigte, erlaubte ich mir den seltenen Luxus und kam zur Ruhe.

Diese Begegnung mit der Traurigkeit vor einigen Wochen war es gewesen, die mich die Emotionstoleranz gelehrt hatte, ein Wort, das ich erst nach dem Kennenlernen der Traurigkeit in seinen vollen Zügen verstand.

Kapitel 3: Ich bin kein Körper, ich bin frei

Ich fuhr zusammen, als Birtes Wecker zuverlässig wie jeden Morgen um 07:32 Uhr die Melodie von *Like Ice in the Sunshine* abspielte, und für die Lebenden dieser Welt ein neuer Tag anbrach. Die Magie des Morgens lag über der Stadt und die Sonne warf ihre ersten Strahlen auf die noch winzigen, zartgrünen Blätteransätze der Bäume im nahe gelegenen Park.

Ich dachte in inniger Verbundenheit an diese Parkanlage mit ihrem schönen alten Baumbestand, der vieles erlebt und gesehen hatte. Bäume waren für mich, als Robin, wunderbare, geduldige und tiefgründige Wesen. Ich konnte in der Zeit seit meinem Ableben einiges über sie erfahren, was ich als Susan nie für glaubhaft gehalten hätte. Natürlich wusste ich zu Lebzeiten schon, dass sie als Lebewesen galten, aber was das konkret bedeutete und wie weit es ging, hätte ich mir nie erträumt. Neulich, es müsste Ende Februar gewesen sein, war ich in eine alte Buche hineingefahren, sie war haushoch und ragte mächtig in den Himmel. Ich merkte währenddessen deutlich, wie der Baum um mich herum erwachte. Ich erlebte, wie sein Kreislauf langsam in Schwung kam, und konnte fühlen, wie feine Fasern, die sich an die dicken, uralten Wurzeln anschlossen, mit anderen Bäumen, Gräsern und Pflanzen in der Umgebung des Stammes vernetzt waren. Bäume nahmen definitiv umfangreicher wahr, als ich jemals angenommen hatte, und sie trugen auch viel mehr nach außen. Es war, als ob sie miteinander kommunizierten, sich gegenseitig aufweckten und gemeinsam ihr Erwachen nach dem Winter feierten. Sie spürten sogar jeden Fußabdruck, der in ihrer Nähe gesetzt wurde. Am meisten jedoch berührte mich, wie fürsorglich sie mit ihren Abkömmlingen umgingen. Sie verbanden sich über ihre Wurzeln mit ihrem Nachwuchs und begleiteten ihn sanft und langsam aus dem Winter in den Frühling. Dabei waren sie so voller Zuneigung wie eine Mutter, die ihr Baby beim Aufwachen beobachtet.

In meinem früheren Leben hätte ich mich selbst wohl als *Ökotussi* bezeichnet, wenn ich mich so über Bäume hätte sprechen hören, heute hingegen gehörten Bäume zu meinen liebsten Lebewesen. An ihnen war nichts Böses, so es denn überhaupt etwas wahrhaftig Böses auf dieser Welt gab, und das faszinierte mich immer wieder aufs Neue. Ich fragte mich, wie mir die Parallelwelt der Natur als Mensch so sehr hatte entgehen können.

Als Susan war ich zwar naturverbunden gewesen, allerdings eher im sportlichen Sinne. In meiner Freizeit war ich häufig nach draußen gegangen, um Fahrrad zu fahren oder klettern zu gehen. Inzwischen musste ich mir eingestehen, welch geringes Gespür ich für das gehabt hatte, was um mich herum vorgegangen war.

Ich segelte locker leicht hinaus in die milde Märzsonne und spürte die Freude der Pflanzen am Frühling, ihr Strecken und genussvolles Aufatmen nach dem ersten, etwas mühseligen Erwachen. Es klang für mich beinahe wie ein Lied, welches mit einer Melodie voller Leichtigkeit von Neubeginn und Freude handelte. Hätte ich ein Herz gehabt, so wäre mir ganz warm um eben dieses geworden. Ich fühlte mich wie eine Wasseroberfläche, wenn sie im Licht glitzerte und sich im Wind kräuselte. Ein wunderschönes, kribbeliges Gefühl.

Ich beschloss, Birte bei ihrer Morgenroutine zu begleiten, und kehrte sanft und leise zurück in die Wohnung, wobei ich durch das geschlossene Fenster schwebte.

Ich hatte die Fähigkeit, durch Wände, Fenster und Mauern hindurch zu schweben, wie man es üblicherweise von einem Geist erwartete. Trotzdem war es mir lieber, durch Dinge hindurchsehen zu können, bevor ich sie passierte. Warum mir das leichter fiel, war für mich allerdings nicht vollkommen nachvollziehbar. Es war, als ob ein Teil von mir noch nicht daran zu glauben schien, auch in einer Mauer aus massivem Stein kein nennenswertes Hindernis sehen zu müssen. Der Rest meines Verstandes konnte nicht nachvollziehen, wie das Gehen durch eine Wand funktionieren sollte. Also dachte ich, ich könnte es nicht, obwohl ich mir das Gegenteil eigentlich häufig genug bewiesen hatte. In der Sekunde, in der die Überzeugung griff, es nicht zu können, wurde es tatsächlich erheblich anspruchsvoller für mich.

Als ich frisch gestorben war, war ich noch viel konsistenzloser gewesen. Ich glitt nahezu durch alles hindurch, flutschte durch Böden und fand mich mehr als einmal im Kellergeschoss des Hauses wieder, das ich bewohnte. Der Erdboden selbst hatte auf mich, glücklicherweise, jederzeit eine bremsende Wirkung, sonst wäre ich vielleicht versehentlich bis zum Erdkern geplumpst. Dies änderte sich bereits nach einigen Tagen als Tote oder besser Seele. Jedenfalls lernte ich rasch, wie ich Dinge bewegen konnte und wann ich durch sie hindurchgriff, beziehungsweise -glitt. Das Anfassen von Dingen geschah für mich intuitiv. Ich musste einfach glauben, sie berühren zu können und mich an ihre Beschaffenheit erinnern, dann klappte es. An dieser Stelle war mir mein Verstand dienlich, da es für diesen selbstverständlich war, daran zu glauben, eine Türklinke oder eine Bratpfanne anfassen zu können. Mit dem Einsetzen dieser Fähigkeit fühlte ich mich gehaltvoller, so wie angedickte Milch, vielleicht auch wie Pudding. Natürlich sah ich nicht so aus, doch es fühlte sich so an.

Umgekehrt wieder in den Modus der Konsistenzlosigkeit zu wechseln, in dem ich mit Leichtigkeit durch eine Wand schwebte oder auch durch etwas hindurchgriff, fiel mir entschieden schwerer. Ich musste eine Stimmung des *Leichtseins* beziehungsweise des *Wenigseins* aufkommen lassen, um mir selbst zu vermitteln, es zu können. Dies kostete noch viel Konzentration, trotz vieler Übungseinheiten, die ich seit meinem Tod durchgeführt hatte. Interessanterweise klappte es auch dann, wenn ich mich erschreckte oder mein Fokus auf etwas anderem ruhte.

Zusammengefasst könnte man sagen, ich konnte Dinge bewegen, weil ich gelernt hatte, daran zu glauben, es zu können. Und andersherum ebenso. Ich konnte durch Wände gehen, wenn ich meinen Verstand ausschaltete, und darauf vertraute, es zu können. Ob ich etwas berührte oder nicht, ob mich eine Wand an meinem weiteren Weg hinderte oder ich schlicht hindurchging, ob ich etwas anheben konnte oder fallen ließ, hing also einzig und allein daran, was ich über mich und den Gegenstand beziehungsweise das Hindernis vor mir annahm und glaubte.

Heute verstand ich die Lektion darin: Menschen können Dinge, wenn sie daran glauben, sie zu können, Seelen auch. Ich hatte als Susan zum Beispiel keine fabelhaft ausgebildete Stimme gehabt und trotzdem leidenschaftlich mit Vergnügen gesungen. Bei einer After-Work-Party konnte ich einmal in einer Karaokebar fast alle meine Kollegen mit meiner Version eines AC/DC-Klassikers auf die Tanzfläche locken. Es hatte irre Spaß gemacht und wir lachten noch lange über diesen Abend.

Im Gegensatz dazu hatte eine junge Kollegin von mir bereits als Kind Gesangsstunden bekommen. Ich hatte sie einmal bei einem

Shooting an der Kaffeemaschine stehen sehen und singen gehört, als sie sich unbeobachtet fühlte. Damals hatte mich ihre samtige, melodische Stimme völlig von den Socken gehauen. Ich war selten Zeuge geworden, wie jemand Töne so akkurat treffen konnte. Als ich sie darauf angesprochen hatte, war sie rot geworden und hatte mich gebeten, niemandem von ihrer Gesangseinlage zu erzählen. Auch am Karaokeabend wollte sie nicht singen oder war auch nur in die Nähe des Mikros gekommen. Ein gutes Beispiel dafür, wie nebensächlich es war, was andere von einer Fähigkeit hielten. Wenn man selbst nicht an sie glaubte, war sie verloren.

Nach dieser Erinnerung fokussierte ich mich wieder auf Birte. Ich hatte ein Faible dafür, sie bei ihren morgendlichen Abläufen zu beobachten. Natürlich nicht beim Duschen, das fand ich selbst für einen Geist unpassend. Aber alles, was danach kam, bescherte mir die größte Wonne. Wie sie ihre ewig langen, glatten Haare mit dem Föhn trocknete und sie dann durchbürstete, mochte ich besonders. Das Geräusch einer Bürste, die durch Haare fährt, löste in mir ein Gefühl aus wie Gänsehaut, wenn man ein berührendes Lied hört. Alle anderen morgendlichen Tätigkeiten waren für meine Mitbewohnerin fest getaktet. Nach den Haaren kam das Zähneputzen, dann das dezente Alltagsmake-up. Wenn sie ihre Wimpern tuschte, hätte ich mich am liebsten auf ihre Nasenspitze gesetzt, weil ich ihre Technik, die einzelnen Härchen nicht verkleben zu lassen, hellauf bewunderte.

Interessant fand ich an dem Programm, wie akribisch alles seinen Platz hatte. Jedes benutzte Utensil, jede Handlung war fest eingebettet in einen Plan. Das gab mir und Birte wahrscheinlich gleichermaßen das Gefühl von Beständigkeit und Kontrolle. Witzig war, dass selbst Birte, die mit den psychologischen Diagnosesystemen der atmenden Welt bemerkenswert vertraut war, dies nicht als zwanghaft bezeichnet hätte. Obwohl sie gründlich aus dem Gleichgewicht geriet, wenn etwas in ihre Handlungskette hineingrätschte, was nicht vorgesehen war, fand sie diese Verkettung von Automatismen vollkommen natürlich und gesund.

Neulich hatte ich einen Tag in ihrer Praxis verbracht und zugehört, wie sie mit einem ihrer Patienten ein langes Gespräch darüber führte, wo ein Zwang begann und ab wann es lediglich wohltuende Routine war. Allerdings musste ich sagen, unmissverständlich erkennbar fand ich diese Grenze nicht.

Nun, wie dem auch sei, Birtes Morgenrituale bescherten ihr kein Leid und damit waren sie wohl auch keine Erkrankung. Mir machten sie Freude, also hatte ich kein Problem damit, sie jeden Morgen aufs Neue verfolgen zu können.

Beim Frühstück und dem anschließenden Pipimachen mit Dotty klinkte ich mich aus, hatte die gestrige Erinnerung an mein Zusammentreffen mit der Traurigkeit einige Gedankengänge geweckt, die Zuwendung bedurften.

Die Traurigkeit hatte mich aufgefordert, etwas aus meiner Situation zu machen, ich wusste jedoch nicht so recht, wie das gemeint gewesen war. In Serien über Geister, die ich noch als Susan geschaut hatte, wurde vermittelt, der Zustand zwischen Leben und Tod sei unangenehm und Geister wollten nichts sehnlicher als ins Jenseits gelangen. Vielleicht war ich nicht so gut im *Geistsein* oder ich war einfach anders, denn für mich war es nicht unangenehm, Robin zu sein. Ich genoss die Erkenntnisse und das breite Wissen, welches ich beinahe täglich generieren konnte, und war neugierig darauf, die Welt aus einer so veränderten Perspektive zu sehen.

Neben meinem Geschmacks- und Geruchssinn war das Einzige, das mir wirklich an meiner Existenz fehlte, der Sinn dahinter. Als Mensch hätte ich mir, wie viele andere, vergleichsweise leicht einen Zweck zu leben erschaffen können. Sei es Geld, Ruhm, anderen zu helfen oder die eigenen Kinder zu versorgen, all das befriedigte im Allgemeinen das grundlegende Bedürfnis nach Sinnhaftigkeit. Als Geist ergab es allerdings absolut keinen Sinn, Geld zu verdienen, ich konnte ja nicht einmal ein Konto einrichten.

Kurz stellte ich mir die verwirrten Bankmitarbeiter meiner früheren Hausbank vor, wenn plötzlich ein Girokonto in ihren Aufstellungen erschien, ohne dass es jemals von Menschenhand angelegt worden war. Spaß hätte es mir zwar gemacht, wild an der Börse zu spekulieren, jedoch wäre es nicht sinnvoll gewesen und so wischte ich diesen Gedanken mit einer Drehung um meine eigene, imaginäre Achse beiseite. Wer glaubte, es sei schwer, den Sinn des Lebens zu entdecken, der hatte sich wahrscheinlich noch nicht mit dem Sinn des *Nicht-Lebens* beschäftigt.

Ich fragte mich, ob andere Sterbende diesbezüglich Gewissheit hatten. In diesem Moment wuchs in mir das Bedürfnis, andere Seelen aufzuspüren und mich mit ihnen zu beraten. Ich weigerte mich, zu glauben, ich sei der einzige Geist, der in dieser Welt unterwegs war. So beschloss ich in einem Anflug von Motivation, den Sterbeprozess zu erforschen. Susan hätte mich dafür für verrückt erklärt. Auf eine solche Idee wäre sie niemals gekommen, aber ich war ja nicht weiterhin Susan, sondern Robin. Trotzdem haderte ich damit, eine Seele im Zustand des Sterbeprozesses aufzusuchen und eventuell zu stören, schließlich wollte ich mich nicht unethisch oder respektlos verhalten. Um meiner Neugier trotzdem folgen zu können, beschloss ich, behutsam vorzugehen.

Ich erinnerte mich an Frau Warsa, die Leiterin einer Modelagentur, mit der ich lange zusammenarbeiten durfte. Sie war eine wunderbare Frau gewesen, die ich zu Lebzeiten sehr geschätzt hatte. Eine dieser

Personen, die den Raum betraten und ihn unmittelbar mit einem Gefühl der Ruhe und Zuversicht erfüllten. Gespräche mit ihr konnten mich häufig inspirieren, ausgefallenere Fotoideen umzusetzen und mich auch mal wagemutiger aus dem kreativen Fenster zu lehnen. Bei unserem letzten gemeinsamen Projekt hatte sie ihren Geburtstag gefeiert und das ganze Team auf ihren ländlichen Wohnsitz eingeladen.

Sie lebte in einer alten, schön hergerichteten Mühle, die an einem kleinen Bächlein in einem Tal gelegen war. An das Grundstück grenzte ein Naturschutzgebiet und die Ruhe dort war paradiesisch gewesen. Die nächste Ortschaft befand sich etwa einen Kilometer entfernt, doch besonders einsam war Frau Warsa nie. Wen wunderte das bei einem Menschen wie ihr, dessen Außenwirkung derart anziehend auf Menschen wie auch auf Tiere wirkte. Sie besaß vier Bienenstöcke in dem verwunschenen Garten, der, obwohl halb verwildert, viele seltene Blumen und Gewächse hervorbrachte. Das Herzstück des Gartens war ein knorriger Apfelbaum, der eine alte Apfelsorte trug, die sogar mir als Susan gut geschmeckt hatte. Äpfel waren damals so gar nicht mein Ding gewesen, aber Frau Warsa hatte im Winter Geburtstag und die Früchte als Bratäpfel mit Marzipan- und Rosinenfüllung serviert. Das hatte meine Meinung über das langweilige Obst nachhaltig verändert. Ihre Bienen pflegte sie mit Inbrunst und auch die fünf Hühner, die im Schuppen hinter dem Wohnhaus angesiedelt waren, sahen blendend aus. Jedes dieser Hühnchen trug damals einen eigenen Namen - Hildegard, Marie, Brunhilde, Freya und Sieglinde - was ich damals als etwas schrullig, heute vielmehr als liebenswert empfand.

Frau Warsa müsste kürzlich 67 geworden sein, überlegte ich. Ich hatte als Seele allerdings ein miserables Zeitgefühl und konnte nur grob schätzen. Ich fragte mich, ob sie mittlerweile in Rente gegangen war. Sie war noch in keinem Alter, um zu sterben, befand ich. Allerdings waren zu ihrer damaligen Geburtstagsfeier viele ältere Personen eingeladen gewesen und meine ehemalige Mentorin hatte bereits damals ehrenamtlich Senioren betreut. Eventuell würde einer von diesen bald das Zeitliche segnen, überlegte ich freudig. Kurz war ich irritiert darüber, wie viel weniger Schrecken der Tod für mich mittlerweile besaß. Als Susan hätte ich mich für einen derartig leichtfertig gedachten Gedanken wahrscheinlich kolossal geschämt, als Robin betrachtete ich den Tod anders, noch immer respektvoll und schwerwiegend, jedoch nicht unbedingt negativ.

Ich entschwebte also aus Birtes Wohnung, die unmittelbar zuvor beschwingt vom Morgenspaziergang mit ihrer Hündin zurückgekehrt war und näherte mich bald besagtem Tal und der Mühle, gespannt darauf, wie sich das Leben von Frau Warsa entwickelt hatte. Schon von Weitem bemerkte ich, wie trostlos der verwilderte Garten wirkte. Ich breitete mich um den Apfelbaum aus und blickte zu den Bienen, von denen die pflichtbewusstesten des Schwarms bereits in der Frühjahrssonne ihren Geschäften nachgingen. Da erst vereinzelte Pflanzen blühten, hatten sie noch nicht allzu viel zu tun, summten aber fröhlich vereinzelt um den Bienenstock. Der Hühnerstall war sauber ausgekehrt, bloß war kein Hühnchen weit und breit zu entdecken. Entschlossen schlüpfte ich ins Haus und fand die kleinen, herzig eingerichteten Zimmer und die gemütliche Wohnstube verlassen vor. Frau Warsa war offensichtlich nicht mehr in ihrem Zuhause.

Ich wusste, wie sehr sie an der Mühle gehangen und wie sie ihren Garten geliebt hatte, und konnte mir beim besten Willen keinen Grund für ihr Verschwinden vorstellen. Leise begann sich ein Teil in mir zu fragen, ob sie auch diese Welt verlassen haben könnte. Es fasste mich emotional härter an, als ich es gewohnt war, dieses sonst von Wärme und Frohsinn erfüllte Haus so fest im Schlummer zu sehen. Gleichzeitig wunderte mich, wie grundlegend sich der Ort verändert hatte, nur weil eine bestimmte Person nicht dort war. Nach außen war alles gleichgeblieben, dasselbe hölzerne Gartentürchen bildete den Eingang zu demselben gekieselten Weg auf dieselbe Eingangstür zu und doch war die Atmosphäre der Mühle nicht dieselbe ohne ihre Hausherrin. In trüber Stimmung verzog ich mich in die Krone des alten Apfelbaums und verweilte dort.

Einmal mehr verstand ich nicht, was geschah, aber plötzlich sah ich, was der Baum vor einiger Zeit erlebt haben musste. Ich sah die Bienenstöcke unter einer zarten Schneeschicht und Rauch, der aus dem Kamin des Wohnhauses in den dunkelgrauen Himmel der frühen Abenddämmerung aufstieg. Frau Warsa ging mit ihrem Mobiltelefon am Ohr und bekleidet mit einer dicken Winterjacke durch ihren Garten. Sie wirkte einerseits entspannt, andererseits seltsam müde auf mich. Als hätte sie einige Neuigkeiten zu verarbeiten gehabt.

Ich hörte sie in ihr Handy rufen: „Ins Hospiz *Meeresfrieden*? Das ist eine fabelhafte Idee! Ich hatte fast Angst, ich wüsste nicht, was ich mit meiner Zeit als Rentnerin anfangen soll." Sie machte prompt kehrt und marschierte Richtung Haus. Frau Warsa war wohl die einzige lebendige Frau, die derart enthusiastisch reagierte auf die Idee, in ein Hospiz zu gehen.

Zurück in meiner eigenen Realität erfüllte mich Dankbarkeit für den Baum, der diese Erinnerung mit mir geteilt hatte. Ich schätzte Bäume und ihr Wohlwollen für andere Lebewesen einmal mehr. Es war mir, als wüssten sie andauernd eindeutig, was gerade gebraucht wurde.

Das im Telefonat erwähnte Hospiz, das an ein Seniorenheim angegliedert war, kannte ich. Es lag auf einer Nordseeinsel etwa drei Autostunden und eine kurze Fahrt mit der Fähre entfernt. Als Susan hatte ich dort ein ungewöhnliches Fotoshooting abgehalten, in welchem Kontraste von Jung und Alt im Fokus standen. Meine Entscheidung fiel sofort, ich würde Frau Warsa dort besuchen, so sie denn noch da war.

Gesagt getan, segelte ich davon, blähte mich auf im Wind und gelangte schnell zu der Küstenstadt, von der die Fähren auf die Insel ablegten. In der untergehenden Sonne des Tages glitt ich über das Meer, das die Farben des Himmels widerspiegelte und pink unter mir glitzerte. Als Geist wollte ich lieber nicht mitten in der Nacht in ein Hospiz einfallen. Deshalb breitete ich mich über dem Sand an einem einsamen Küstenabschnitt aus und verbrachte die Nacht mit dem Ausblick auf den endlosen Sternenhimmel.

Tags darauf waberte ich, noch etwas benommen von der zauberhaften Nacht unterm Sternenzelt, auf das alte Gemäuer zu, in dem sich das Hospiz befand. In dieser Situation war ich außerordentlich dankbar, nicht frieren zu können. Zwar versagte mir das fehlende Temperaturempfinden auch die Fähigkeit, Wärme zu genießen, doch hatte es mir heute Nacht erlaubt, ganz in Ruhe Sternschnuppen zählen zu können, ohne kalte Füße zu bekommen.

Frau Warsa war sofort spürbar in den Räumen. Ihre Ausstrahlung brachte Leute zum Strahlen und so fand ich zur Frühstückszeit kranke, betagte aber auch friedvolle Menschen vor, die miteinander sprachen. Ich hängte mich über die aufgestellten Kannen mit Orangen- und Multivitaminsaft und beobachtete die Menschen, die an diesem Ort zusammenkamen, Frühstückseier löffelten und sich über alle möglichen und unmöglichen Themen austauschten. Im Hintergrund lief leise Musik und die Atmosphäre war behaglich, beinahe heimelig.

In mir kam plötzlich unbändiger Neid auf. Ich war eifersüchtig darauf, wie diese Menschen frische Croissants mit Marmelade essen und wie sie in Kontakt mit ihrem Sitznachbar treten konnten. Mir war das nicht vergönnt und ich sehnte mich so glühend danach. Im nächsten Moment wurde mir bewusst, neidisch auf Personen zu sein, die vermutlich furchtbar krank waren, Schmerzen erlitten und dieses lapidare Essen umgehend für einen gesunden Tag eingetauscht hätten. Scham erfüllte mich, war diese Frühstücksszene doch nur einer der positivsten Ausschnitte der Geschehnisse in dem Hospiz.

Schnell verließ ich den Raum und schwebte durch die Flure des Hauses, wo ich Frau Warsa von Zimmer zu Zimmer gehen sah. Ich freute mich, ihre energische, wohlwollende Stimme zu hören und begleitete sie über den Vormittag. Sie regte zu Themen an, las vor, sprach mit Angehörigen und bewirkte auf ihre fabelhafte, besondere Art mindestens zehn kleine Wunder vor dem Mittagessen. Das Ehrenamt stand ihr und ihrer Persönlichkeit ausgezeichnet zu Gesicht.

Aus einem der Räume stampfte mir die, wie üblich in ein schickes Kostüm gehüllte, Traurigkeit entgegen, zwinkerte mir freundlich zu und meinte: „Ach, sieh mal einer an. Das ist mal sinnvolle Recherche." Damit verschwand sie, bevor ich etwas hätte antworten können.

Ein Ziepen machte sich in mir breit, als ich Frau Warsa so in ihrem Element erlebte. So gern - so wirklich, wirklich gern - hätte ich mit ihr gesprochen. Ich vermisste ihre wertschätzende Zuwendung und ihren Ideenreichtum. Sie hätte zweifelsfrei einen guten Ratschlag oder eine Anregung für mich gehabt.

Vermissen war für mich ein bittersüßes Gefühl, welches ich erst seit der Begegnung mit der Traurigkeit zu schätzen wusste. Es war eine Gefühlsregung, die mir farbenreich und intensiv bewusst machte, wie sehr ich ein anderes Wesen oder eine Situation gemocht hatte und was für ein Geschenk ich durch selbige erhalten hatte. Daraufhin beschloss ich kurzum, dem Treiben in dem Haus eine Weile zuzusehen und hinzuspüren, welche Schwingungen ich wahrnehmen konnte.

Gerade als ich die Entscheidung gefällt hatte, lief Frau Warsa in das Zimmer eines Manns. Dieser lag in seinem Bett, wirkte dünn und gebrechlich. Als er seine Besucherin erblickte, hellte sich seine Miene auf. Er lächelte und um seine Augen zeichneten sich zahlreiche, freundlich wirkende Lachfältchen ab. Seine knorrigen Hände ruhten auf einem geschlossenen Buch, das auf seinem Bauch lag. Über dem Kleiderschrank schwebend belauschte ich das innige Gespräch der beiden über vergangene Tage.

Der alte Herr schilderte voll Wehmut, wie er einmal an einem einsamen Waldsee in seliger Stille das Gefühl inneren Friedens erfahren hatte.

Er erzählte: „Damals habe ich eine Situation erlebt, bei der ich mein ganzes langes Leben lang schmunzeln musste, wenn sie mir zu Bewusstsein kam. Es ist beinahe schade, dass ich zu diesem Zeitpunkt damals am Waldsee noch gar nicht wusste, was für eine wertvolle Erinnerung ich dort im Begriff war zu erschaffen. So ist es oft mit den schönen Erinnerungen, während sie entstehen, wissen wir nicht, was da passiert, aber dann begleiten sie uns manchmal ein ganzes Leben."

Die Worte trafen mich, denn ich erinnerte mich noch lebhaft, wie schnell ich als Susan gelebt hatte und wie selten ich achtsam im Hier und Jetzt gewesen war.

Der alte Mann sprach ungehemmt mit Frau Warsa über seine jetzige Situation und sein Ableben. Seine Offenheit und Bestimmtheit waren neu für mich.

Schließlich sagte er: „Wenn jemand über meinen Tod weint, freue ich mich. Eine solche Wertschätzung einer Person kommt vielleicht bei mir im Jenseits noch an und der trauernden Person wird es bestimmt auch guttun, alles heraus zu weinen. Ich habe einmal ein Buch gelesen, in dem die Frage gestellt wurde, ob morgen ein besserer Tag zu sterben sei, als heute. Diese Frage konnte ich immer nur mit *nein* beantworten, so auch heute. Alles hat seine Zeit und ich wünsche mir, bald in dem Moment anzukommen, in dem es Zeit ist für mich zu gehen."

Frau Warsas Gesprächspartner schien sein nahendes Ende zu ahnen, daher verbrachte ich die Nacht über dem Kleiderschrank, um abzuwarten. Und dann sah ich es: Wie eine regenbogenfarbene Blase erhob sich etwas aus seinem Körper. Die Blase floss langsam, fast genüsslich in Richtung Zimmerdecke. Dort verharrte sie kurz, als wollte sie sich von dem zurückbleibenden Körper verabschieden. Schließlich setzte sie ihren Weg fort und ich folgte ihr aus dem Fenster. Sie floss Richtung Himmel, an dem ein Lichtspiel zu sehen war, welches mit hell flackernden, regenbogenfarbenen Nordlichtern zu vergleichen war. Dieses Licht nahm die kleine Blase in sich auf und ließ sie verschwinden.

„Was für ein Schauspiel", dachte ich und blickte staunend hinauf, bis der Nachthimmel seine gewohnte Farbe zurückerhielt. Der leblose Körper des alten Mannes blieb in seinem Bett zurück und ich war voll neuer Fragen statt Antworten.

Am nächsten Morgen verfolgte ich, wie die sterblichen Überreste des Mannes, der noch am Vortag ein so bewegendes Gespräch geführt hatte, respektvoll abgeholt wurden. Frau Warsa trauerte und ich bewunderte sie für die starken Gefühle, die sie so souverän und entspannt zuließ. Sie besprach sich mit einer Kollegin, die als Angestellte in dem Hospiz tätig war und ich entnahm dem Gespräch ihre Absicht, im Frühsommer in ihr Domizil, die alte Mühle, zurückzukehren.

Auch für mich war es an der Zeit heimzukehren. Birtes vertraute Wuseligkeit und Dottys Gebell fehlten mir. Kurz nahm ich mir Zeit, um zu genießen, dass sie genau das taten - mir fehlen - und machte mich auf den Rückweg. Während meines Fluges über das Meer versuchte ich, geistig zu verdauen, was ich gesehen hatte. Uneingeschränkt wollte mir das aber wohl nicht gelingen.

Kapitel 4: Waffeln, Eis und ein Baby

In dieser durchwachsenen Stimmung kehrte ich zurück in Birtes, Dottys und meine Wohnung. Es war später Nachmittag und Birtes jüngere Schwester war zu Besuch. Wenn Letztere in die Wohnung Einzug hielt, war Trubel vorprogrammiert.

Zum einen war Anni eine Ausgeburt von Überschwänglichkeit und Ausdrucksstärke, zum anderen wurde sie von ihrer kleinen Tochter Marla begleitet. Die Unterschiede zwischen der ausgeglichenen, reflektierten und manchmal sehr kontrollierten Birte und der extravertierten, pulsierenden Anni waren für mich anfangs schwer nachzuvollziehen, waren beide doch im selben Elternhaus aufgewachsen. Erst im Verlauf unserer merkwürdigen Beziehung hatte ich verstanden, dass genau in diesem Elternhaus ein Teil der Erklärung für die grundverschiedenen Wesenszüge der beiden Schwestern lag. Denn obwohl die zwei die gleichen Elternteile erlebt hatten, waren die Einflüsse dieser grundlegend verschieden gewesen. Manchmal liegt in einem Aspekt, der uns rätselhaft erscheint, eben kein Rätsel, sondern die Antwort.

Von ihrer Mutter wurde Birte, als die ältere Tochter, ständig in die Verantwortung genommen und es wurde ihr vermittelt, ein funktionierendes, liebes Kind sein zu müssen. Birte kannte Sätze von ihr wie: „Wenn du nicht da wärst, wäre alles umsonst!", oder: „Ohne dich könnte ich gleich alles an den Nagel hängen." Sätze, die sicherlich lieb gemeint waren, bei der kindlichen Kleinen dennoch jede Menge Druck auslösten. Anni hingegen hatte zu hören bekommen: „Du schaffst das eh nicht", und „Mach es einfach wie Birte, die konnte das alles viel früher." Diese Worte, die im Grunde kalt, streng oder unfreundlich klangen, hatten Anni eine Art Freibrief erteilt, nicht gut sein zu müssen, schließlich wurde es ihr sowieso nicht zugetraut. Sie konnte also hemmungslos auf den Putz hauen und für jede Menge Zündstoff im elterlichen Haus sorgen. Das tat sie auch, zuletzt, indem sie von einem Musiker auf Europatournee schwanger wurde und dann beschloss, ihr Kind in einem Zusammenschluss junger, alleinerziehender Mütter aufzuziehen.

Die Frauengruppe lebte gemeinsam in einer Wohngemeinschaft, welche ein Zusammenleben in einem alternativen Lebensstil umsetzte. Birtes Eltern waren entsetzt gewesen über ein derart unkonventionelles Verhalten, hatten es jedoch nach einiger Zeit hingenommen. Letztlich hatten sie von ihrer jüngeren Tochter wohl nichts anderes erwartet.

Die von den Eltern meist unbewusst vermittelten Prägungen beeinflussten die Schwestern so bis in ihr Erwachsenenleben.

Heute war ich der Meinung, es wäre hilfreich, einmal zu diskutieren, ob es so geschickt war, jungen Eltern ohne Vorbereitung oder Unterstützung die volle Verantwortung für winzige Wesen zu übertragen und sie damit oftmals alleine zu lassen. Das gefiel mir an Annis Lebensmodell: Die Mütter konnten sich gegenseitig ergänzen und die Verantwortung, wenigstens ein bisschen, miteinander teilen. Trotzdem war ich davon überzeugt, dass auch dieser Lebensform die ein oder andere Ergänzung noch gutgetan hätte.

Als ich zur Tür hinein schwebte, saßen Birte und Anni auf dem kleinen Balkon in der Sonne und tranken Matchalatte mit Ahornsirup, während Marla im direkt anschließenden Wohnzimmer auf dem Teppich lag und vor sich hin sang. Ich wusste nicht, wie alt Annis Sprössling war, aber sie brabbelte seit längerem vergnügt einige Worte und vermischte sie leidenschaftlich zu einer Art gequäktem Singsang.

Mir war das Kind ausgesprochen unheimlich. Einmal hatte sie mich mit ihren kleinen, runden Babyaugen angesehen, freudig losgequietscht, die dicken Ärmchen nach mir ausgestreckt und überraschend deutlich „Bobin, Bobiiin, hiaaa!" gerufen. Das R in meinem Namen konnte die Kleine noch nicht aussprechen, doch sie meinte unmissverständlich mich.

Seit diesem Augenblick wusste ich um das Wissen und die Wahrnehmung meiner Wenigkeit durch diesen Zwerg und war mir absolut nicht sicher, wie ich damit umgehen sollte. Sie sah mich, oder zumindest fühlte sie offenkundig meine Präsenz und, viel schlimmer, sie kannte aus irgendwelchen Gründen meinen Namen. Auf der einen Seite fand ich es spannend, eine echte Kontaktmöglichkeit zu einem menschlichen Wesen zu haben, auf der anderen war Marla nicht sonderlich geeignet als Gesprächspartner. Ich überlegte, ob sie durch ihre kurze bisherige Lebenszeit noch näher am Jenseits war als ältere Menschen und daher einen feineren Zugang zu mir erleben konnte. Vielleicht war sie aber auch die Wiedergeburt eines mürrischen alten Mannes, der in seinem vorherigen Leben die Weltherrschaft hatte an sich reißen wollen und mich nun heimsuchte, um meine Seelenfähigkeiten auszunutzen. Der Gedanke gruselte mich, daher segelte ich verstohlen zu den Erwachsenen hinaus und hängte mich über das Balkongeländer.

Anni erzählte Birte gerade etwas über ihre Arbeit im Marketing bei einer erfolgreichen Firma für Pflanzenzubehör. Sie fand sich, wie viele berufstätige Menschen, in einem ewigen Kreislauf aus Aufladen der eigenen Kräfte und Entleeren dieser in ihrem Job wieder. Aufgeladen wurde in der Freizeit und am Wochenende, entladen im Meeting mit dem Vorstand. Es war ein Hamsterrad, in dem die Freude auf das anstehende Wochenende die Wertschätzung für den gegenwärtigen Arbeitstag oft tückisch überschattete und somit beinahe unmöglich machte.

Genervt berichtete sie: „Mein Coach sagt, ich soll selbstfürsorglicher sein und mir Kraftquellen schaffen. Mach ich auch! Aber kaum habe ich Kräfte aufgebaut, kommt mein Chef daher und meckert, dass ich ein beendetes Projekt nicht hübsch genug aufpoliert habe. Dabei soll er einfach froh sein, dass es fertig ist, immerhin lag das Projekt drei Jahre brach und niemand hat sich darum geschert. Es kann echt nicht der Sinn sein, sich dauernd wieder in die Bahn zu bekommen, um dann sofort wieder von so einem Mist rausgeschubst zu werden."

Birte war anscheinend nicht nach Psychologenmodus zumute und so saß sie zurückgelehnt da, lächelte ihr *Ich-hör-dir-zu-Lächeln* und ließ ihre kleine Schwester sprechen. Überraschenderweise schien ausgerechnet das Anni zu besänftigen. Sie war eine Person, die oft keine Antwort brauchte, sondern erstmal gesehen und akzeptiert werden wollte, wie sie war. Die Zeit, die ihr ein zuhörendes Gegenüber schenkte, empfand sie als kostbar.

Als Marla im Wohnzimmer wieder fröhlich krakeelend das *Bobin-Lied* anstimmte und ihr Trällern beständig lauter wurde, verabschiedete sich die jüngere Schwester mit einer herzlichen Umarmung von Birte.

„Danke, dass du da bist und manchmal nur zuhörst. Ich weiß, ich sollte grundlegend etwas verändern, wenn sich ein anderes Muster in meinem Leben abzeichnen soll. Trotzdem kann ich die Leute nicht mehr hören, die mir das sagen. Ich will eigentlich bloß teilen, was in mir ist. Wenn das nervige Zeug einmal raus ist, fühlt es sich an wie ein Gegenüber, etwas, das nicht weiter in mir, sondern außerhalb von mir ist. Dann kann ich damit arbeiten und mich dem zuwenden." Mit diesen Worten hob sie das Kleinkind auf, packte das obligatorische Kinderzubehör zusammen und verließ die Wohnung.

Ich liebte die Art, wie die beiden Geschwister miteinander umgangen und wie sie über sich nachdenken konnten. So etwas hatte ich als Susan selten zustande gebracht. Ich hatte schnell und wild, jedoch auch oberflächlich gelebt.

Birte und ich blieben noch mit Dotty auf dem Balkon sitzen. Verträumt murmelte meine Mitbewohnerin ihrer Hündin zu: „Merkst du, wie viel Energie die Sonnenstrahlen schon haben?", und sank in einen nachmittäglichen Schlaf.

Auch ich bemerkte plötzlich meine Müdigkeit. Als Geist, beziehungsweise Seele, war Schlaf für mich etwas grundlegend anderes als für einen Menschen. Wenn ein Mensch schlief, so wurde er völlig unbewusst, doch gleichzeitig blieb sein Körper an Ort und Stelle. Wenn ich als Seele schlief, war ich weg. Ich war komplett abwesend, denn ich löste mich restlos von der realen Welt, nichts blieb zurück. Wenn ein Mensch träumte, so hatte er diesen Traum in seinem Gehirn, das Gehirn blieb allerdings in seinem Kopf, der auf seinem Hals saß, verbunden mit dem Körper, im besten Fall in einem bequemen, warmen Bett. Wenn ich träumte, dann war ich der Traum. Ein Mensch verarbeitete in Schlaf und Traum den erlebten Tag, er ruhte aber auch seinen Körper aus und regenerierte seine Organe. Diesen letzten Teil des Schlafes brauchte ich nicht, deshalb schlief ich vergleichsweise selten. Oft hing ich nächtelang ausgebreitet über einem Dach und schaute in die Sterne, zählte Sternschnuppen oder hörte dem Regen zu, wie er auf ein Fenster prasselte.

Ich wurde erst müde, wenn meine emotionalen Eindrücke verarbeitet werden wollten. Es fühlte sich an, als ob ich mich mit emotionaler Energie auflud, um diese im Schlaf abzugeben. Als ob ich dann voll wäre, und durch den Schlaf wieder Platz schaffen könnte für neue Eindrücke. Ich war beinahe sicher, auch Menschen nutzten den Schlaf auf diese Art, sie spürten es lediglich nicht so deutlich wie ich. Mein Schlaf war also vergleichbar mit dem Aufladen und Entladen von Annis Kräften nur andersrum. Mein *Gefühlsspeicher* lud sich im Alltag automatisch auf, füllte sich maximal, und wurde dann im Schlaf entladen.

Nun fühlte ich, es war wieder so weit und der Schlaf legte sich um mich wie eine bleischwere weiche Decke. Langsam löste ich mich auf, floss in das Land des Unbewussten und der Träume.

Im nächsten Moment stand ich in einem gemütlich eingerichteten Waffelladen und sog den herrlichen Geruch von dampfendem Kakao, frisch gebackenen Waffeln und Puderzucker ein. Ich hielt ewig still und schnupperte vor mich hin, nahm genüsslich Haselnussaromen und Marmeladendüfte in mir auf. Schließlich saß ich im Traum vor einer riesigen Waffel mit heißen Kirschen und Vanilleeis. Sie schmeckte fantastisch, war heiß, fluffig und knusprig zugleich. Ich feierte jeden Bissen.

Die Besitzerin des Ladens stellte sich zu mir an den Tisch. Mein Traum hatte aus ihr eine pausbäckige schwarzhaarige Dame gemacht. Sie blickte mich an und sagte: „So Robin, daran musst du dich erinnern, das ist dann auch praktisch alles." Dann vollführte sie eine schwungvolle Bewegung mit ihrem Kochlöffel und ich wurde zu Waffelteig in ihrer Schüssel, danach zu Vanilleeis und schließlich zu Baiserstücken, die auf einem Cappuccino schmolzen.

Als ich erwachte, hing zuerst die Traurigkeit drückend in mir. Als Susan wäre ich in Tränen ausgebrochen, als Robin hatte ich keine Tränen. Ich fuhr hinaus und heulte laut auf, während ich mich an meinen Traum erinnerte. Es traf mich jedes Mal, wie ein Hieb in die

Magengrube, wenn ich von Gerüchen und Geschmäckern träumte. So heftig vermisste ich es, Zugang zu diesen Funktionen meines menschlichen Körpers zu haben. Es zerriss mich beinahe innerlich und ergab keinen Sinn für mich. Ich konnte sehen, fühlen, berühren, aber ich konnte nicht schmecken und riechen. Ich konnte die Konsistenz der Dinge wahrnehmen, jedoch nicht heiß von kalt unterscheiden. Das entbehrte für mich jeglicher Logik. Mein Sein als Seele lehrte mich zwar exakt das - von jeglicher Logik abzulassen - aber heute machte es mich unsagbar wütend, keine Erklärung für meine Sinnesfunktionen zu haben. Ich erinnerte mich an den Traum und die Wut wurde zu Enttäuschung und Verzweiflung. Nach dem Baiserstück war ich für Stunden in einem völlig bewusstlosen Zustand gewesen und es war kurz nach sechs Uhr früh, als ich in meinem emotionalen Chaos aus Trauer, Wut und Verzweiflung durch die Luft über der Stadt mit unserer Wohnung surrte.

Schließlich beruhigte ich mich von meinem Ausbruch und dachte über meine Gefühle nach. Außergewöhnlich mächtig spürte ich die Enttäuschung. Als Susan war dies eine Empfindung gewesen, mit der ich recht früh in Kontakt gekommen war. Ich erinnerte mich lebhaft daran, wie ich zum ersten Mal alleine zur Eisdiele um die Ecke unseres Wohnhauses gelaufen war. Ich hatte mein ganzes Taschengeld des Monats zusammengekratzt und beschlossen, eine Eistüte zu bestellen, die haarscharf so aussah wie der bunte Plastikaufsteller vor dem Eiscafé. Eine riesige Tüte mit mindesten 50 verschiedenen Eiskugeln. Ich bestellte somit vorfreudig eine Tüte Eis mit so vielen Kugeln wie auf dem Werbeschild, und schob dem Verkäufer die Münzen über die Ladentheke. Ich erhielt ein wunderbares Eis, das ich nicht im Geringsten zu schätzen wusste, da es nur ein Bruchteil der Farben des bunten Aufstellers enthielt und nicht annähernd so groß war. Und da war sie, die Enttäuschung.

Schemenhaft kam mir eine Frau ins Gedächtnis, die mich in den Arm nahm und tröstete, als ich nach meinem Besuch in der Eisdiele zu Hause ankam. Es musste eine unserer Nachbarinnen gewesen sein. Der Satz, den sie sagte: „Du bist enttäuscht, das ist gut! Eine Enttäuschung ist die Aufhebung einer Täuschung, also etwas Schönes", hatte sich deutlich in mir eingeprägt. Und daher kam dieser Satz auch jetzt zum Tragen.

Mein Traum hatte mich erschüttert, da er mich mit einer Facette meines früheren Lebens in Kontakt gebracht hatte. Dessen ungeachtet beschloss ich, mich auf meine nächste Schlafphase zu freuen, sie zu genießen und zu versuchen, besser zu verstehen, was die pausbäckige Waffelverkäuferin mir sagen wollte.

Kapitel 5: Die Geister, die ich rief

Ich fühlte, wie viel Energie mir die Ruhepause gebracht hatte und wie ich voll frischer Kraft in diese neue Wachphase startete. Gleichzeitig war ich etwas ratlos, da ich noch nicht wusste, womit ich sie füllen wollte. Man könnte sagen, mir war langweilig.

Als Susan war ich grundsätzlich viel beschäftigt gewesen. Ich musste Bilder bearbeiten, Shootings vorbereiten und neue Computerprogramme lernen. Parallel genoss ich es, unterwegs zu sein und Freundschaften zu pflegen. Langweilig war mir selten.

Heute überlegte ich, ob dies eine Flucht gewesen war, davor, mich mit inneren Themen zu beschäftigen und mich mit mir selbst auseinanderzusetzen. Langeweile war für mich als Mensch eher unangenehm besetzt gewesen. In Phasen des *Nichtstuns* war mir, als sei ich überflüssig oder faul.

Als Robin hatte ich diese Momente des Leerlaufs schätzen gelernt, denn ich wusste, daraus entstanden gelegentlich die besten Ideen. Frau Warsa hatte es einmal die *kreative Langeweile* genannt und heute verstand ich, was sie damit meinte. Wenn ich ohne jegliche Ablenkung Zeit mit mir selbst verbrachte, war mein Inneres komplett auf sich selbst zurückgeworfen. Wenn ich diesen Zustand voller Akzeptanz betrachtete, statt ihn abzuwerten oder wegmachen zu wollen, geschahen herrliche Dinge.

Also beschloss ich, mich über den gepflanzten Blumen am Balkongeländer auszubreiten, die Frühlingssonne auf mich scheinen zu lassen und mich zu langweilen. Interessanterweise mochte ich das Gefühl von Sonnenstrahlen auf mir, obwohl ich sie nicht als wärmend empfinden konnte. Trotzdem schien es mir, als energetisierten sie mich. So hing ich einige Stunden in Stille mit mir selbst.

Birte war in der Praxis und Dotty bei ihr. Meine Gedanken hüpften zuerst von einer Situation zur nächsten, ich malte mir aus, was ich alles tun könnte, ohne einen handfesten Handlungsimpuls zu verspüren, und grübelte über vergangene Erlebnisse. Diese Gedankenläufe, wie ich sie nannte, zu beobachten und sie gar nicht groß zu lenken, verschaffte mir eine außerordentliche Gelassenheit.

In meinen frühen Zeiten als Fotografin hatte ich ein Meditationsbuch gelesen, da ich mit dem Autor dieser Lektüre ein Shooting durchführen sollte. Ich hatte mich mit dem Thema eindringlich auseinandergesetzt, schließlich wollte ich die Fotografien so gestalten, dass sie zu den Inhalten, die er vertrat, passten. In seinem Buch berichtete er, diese Form des Geisteszustands, der sich aufgebracht von Gedanke zu Gedanke hangelte, bezeichne man als *Affengeist*. Die Darstellung blieb mir in Erinnerung und amüsierte mich, denn die Vorstellung von Gedanken, die sich wie Affen turnend von Baum zu Baum schwangen, traf es durchaus gut. Ich kam zu dem Schluss, der Begriff musste von bemerkenswert klugen Köpfen geprägt worden sein.

Auch nach dem Ableben meines Körpers trug mich mein *Affengeist* manchmal von Liane zu Liane und schwang sich wie Tarzan durch den Gedankendschungel. Ich hatte mittlerweile geübt, ihn dabei still und neugierig zu betrachten. In dieser beobachtenden Haltung wurde mein Denken zusehends ruhiger und der Affe wurde zum Äffchen, das gemütlich in einer Baumkrone sein Mittagsschläfchen hielt. Dieser Zustand war für mich von beispiellosem Frieden und glich einer

Wasseroberfläche, die sich, von nichts mehr gestört, langsam beruhigte. Ihre Wellen wurden dabei erst gleichmäßiger und langsamer und dann stetig zaghafter, bis sie sich allmählich in eine spiegelglatte, stille, einheitliche Fläche legten.

Das Summen einer winzigen Biene zog schließlich meine Aufmerksamkeit auf sich. Sie hatte beschlossen, den Nektar aus einer der früh blühenden Blumen in Birtes Blumenkasten zu sammeln. Geschäftig brummte das zarte Wesen durch mich hindurch und ließ sich nicht stören bei seinem Tagewerk. Es belustigte mich, wie vertieft und im Fluss ich das kleine Insekt bei seiner Arbeit erlebte. Plötzlich fühlte ich, wie auch in mir die Lust, etwas zu tun, wieder aufstieg. Die Biene hatte mich mit ihrer bloßen Existenz und ohne die Absicht dazu zu haben, innerlich angestoßen. Sie inspirierte mich dazu, auch ein bisschen durch die Gegend zu summen, nein, zu schweben, denn ich summte ja meistens nicht.

„Interessant", dachte ich, „manchmal haben die kleinsten Wesen einen solchen Einfluss auf uns. Unabhängig davon, wie groß jemand ist, kann er doch immer Dinge bewirken."

Ich erhob mich über den Blumenkasten und ließ mich über die Stadt treiben. Ein Mann im Bäckerladen regte sich fürchterlich darüber auf, zu wenig Rückgeld von der Kassiererin erhalten zu haben, und ich sah, welche Macht er über ihr Befinden und ihre emotionale Lage hatte.

„Große Wesen haben eben auch Einfluss, und oft wissen sie gar nicht um diesen", sinnierte ich.

Mich zog es übers Land und ich segelte mit dem Wind über den langsam grüner werdenden Wald. Das frische, helle Grün des Frühlings war mittlerweile überall zu sehen. Mein Flug führte mich zu einer Burgruine in der Nähe. Als Geisterwesen fühlte ich mich von Ruinen wie magisch angezogen. Es schien, als ob die alten Steine der Gemäuer die Geschehnisse der Jahrhunderte in sich aufgesogen hatten.

Wenn ich mich über ihnen ausbreitete, war mir, als könnte ich die Gefühle vergangener Gräfinnen und Raubritter fühlen und die Stimmung verstrichener Epochen in der Gegenwart wahrnehmen. Wie eine Käseglocke formierte sich diese besondere Atmosphäre über geschichtsträchtigen Orten. Für mich war es so ähnlich wie Fernsehschauen für Menschen. Eine Chance, die Realität beiseitezustellen und fremde, unbekannte Geschichten in sich aufzunehmen. Vielleicht spukte es deshalb so häufig in alten Burgen und Gemäuern. Über dem noch gut erhaltenen Bergfried der ehemals erhabenen Burg wehte eine stolze Fahne mit einer Art Familienwappen. Auf dem Wappen waren sieben Bienen zu sehen und ich schmunzelte bei der Feststellung, wie mich letztlich eine winzige Biene motiviert hatte, hierher zu kommen.

Ich betrachtete das Wappen eingehender und fühlte mich plötzlich beobachtet. Dieses Gefühl, das als Mensch entstand, wenn jemand einen ansah, man es aber noch nicht wusste, sondern lediglich fühlte, klang in mir an. Eine schwache, unangenehme Anspannung, fast wie ein kribbeliges Kitzeln. Es war eine Wahrnehmung, die mir als Seele ungewohnt war, denn in der Regel sah man mich ja nicht.

Mein erster Gedanke war: „Oh nein, nicht wieder ein Baby!" Ich sah mich suchend nach dem Minimenschen um. Erfolglos. Ich war irritiert, bis mein Blick in den Burghof fiel.

Zwischen den gelben Forsythien am Tor schwebte ein Geist. Ich sah ihn als eine Art zarte Wolke, die größtenteils grau, aber bei Bewegung auch schillernd regenbogenfarben gefärbt war. Ich spürte, wie seine komplette Konzentration, sein ungeteilter Fokus, auf mir lag und fühlte mich wie im Scheinwerferlicht. Am liebsten wäre ich postwendend verschwunden. Angst ergriff mich, denn das war die erste andere Seele dieserart, die ich zu Gesicht bekam und ich war mir keineswegs sicher, ob sie liebenswerte Absichten hatte. Innerlich rang ich mit mir.

Einfach zu verschwinden schien mir kindisch, zu bleiben, jedoch ziemlich leichtsinnig. Gleichzeitig war ich wahnsinnig neugierig.

Während ich noch so im inneren Kampf mit mir verstrickt war, hatte das andere Wesen offensichtlich eine Entscheidung gefällt und waberte langsam den Turm hinauf zu mir.

„Logisch", dachte ich, „Burgen ziehen Geister an, wo wäre die Wahrscheinlichkeit also höher, einen anderen zu treffen?"

Das Wesen legte sich über die Zinnen des Bergfrieds in gebührendem Abstand von mir. „Du hast eine seltsame Energie", sagte es. „Was bist du?"

Ich war derartig verdattert über die liebenswerte, kindliche Stimme, mit der mein Gesprächspartner sprach, dass ich nur herausbekam: „Ich bin Robin."

Der andere Geist gluckste leise und meinte: „Okay, eine Spur genauer bitte! Bist du ein Tier, eine Pflanze oder ein Mensch?"

Die Frage irritierte mich vollends. „Ein Geist", sagte ich. „Ich bin ein Geist, das siehst du doch. Oder eine Seele, wie mich die Traurigkeit genannt hat, als ich sie zuletzt getroffen habe."

Stille trat ein und das Geisterwesen schwankte langsam vor sich hin. Es sah aus, als ob es zweifelte und abwog, ob es mir Glauben schenken sollte. Dann hörte ich die helle, liebe Stimme sagen: „Ich bin eine Seele. Und als Seele fühle ich. Ich fühle dich und das, was ich als Lebewesen für mich einordne, ich fühle Pflanzen, ich fühle den Wind und meine eigenen Emotionen, ich fühle die Wärme der Sonne, die Kälte von Eis, aber sehen, kann ich nicht. Du kannst keine Seele sein, sonst wüsstest du das."

Jetzt war es an mir still zu sein und das Gehörte zu verarbeiten. „Du siehst also nichts, sagst du?", fragte ich schließlich.

„Korrekt! Trotzdem, sowas wie dich habe ich noch nie gefühlt!", antwortete mein Gegenüber.

„Aber du kannst Wärme empfinden?", fragte ich fasziniert.

„Natürlich! Was denkst du denn?", kam die prompte Antwort.

Ich überlegte vor mich hin und beschloss, die wichtigste Frage zu stellen, die mir in den Sinn kam: „Kannst du riechen?"

Das andere Wesen vibrierte kurz und meinte dann: „Jaaa! Das liebe ich besonders am *Seelesein*! Ich kann alle vorstellbaren Gerüche lupenrein wahrnehmen und mir jeden Geschmack gönnen, der mich als Mensch drei Kleidergrößen zusätzlich gekostet hätte. Ich kann nicht wirklich essen, aber ich kann alles in mir aufnehmen, was ich will und seinen Geschmack so reichhaltig erleben wie noch nie zuvor." Das Wesen grunzte zufrieden bei der Vorstellung und ich fühlte Neid in mir Aufsteigen.

„Gut, lass mich das noch mal nachvollziehen", murmelte ich. „Du bist der erste Geist, dem ich begegne, ich bin der erste andere Geist, dem du begegnest. Ich kann allerdings sehen, du nicht. Dafür kannst du schmecken und riechen, ich hingegen nicht."

„Hm, das stimmt nicht ganz", widersprach mein Gegenüber. „Ich habe einige andere Körperlose getroffen, die waren allerdings wie ich. Keiner von diesen hat je behauptet, er könne sehen. Obwohl es Sinn ergibt. Du fühlst dich an wie eine Seele, aber irgendwie nicht wie ich oder wie die anderen, die ich kenne. Ich heiße übrigens Luan."

„Hey Luan, schön dich kennenzulernen", sagte ich nachdenklich, wusste ich doch nicht im Geringsten, wie man einen anderen Geist begrüßte.

Luan lachte auf: „Find ich auch, Robin. Wenn ich die erste Seele bin, der du über den Weg läufst, kannst du ja noch nicht lange tot sein. Als ich meine erste derartige Begegnung hatte, brannten mir von jetzt auf gleich 1000 Fragen unter den Nägeln. Gefühlt hatten alle, die ich seitdem getroffen habe, dieselben Fragen und einige kannten ein paar Antworten. Deshalb lass mich, bevor du fragst, ein bisschen was für dich zusammenfassen, quasi die FAQ durchgehen: Ich habe keine Ahnung, wie lange ich tot bin und ich weiß nicht, wieso ich nicht im Jenseits gelandet bin. Was ich weiß, ist, dass viele andere Seelen bei ihrem Tod direkt Zugang zu einem großen, regenbogenfarbenen Etwas bekommen. Das war bei mir nicht so. Neu an dir sind für mich die anderen Sinneswahrnehmungen. Vor allem deine Fähigkeit zu sehen, die du besitzt, wie du sagst. Gleichzeitig untermauert es das, was ich längst wusste. Es gibt keine klassisch menschliche Logik in der Seelenwelt. Du siehst, ich sammele Fakten. Irgendwann werde ich das Rätsel lösen und dann nicht mehr hier herumhängen. Oh, und übrigens ist es in der Tat passender, von dir als Seele anstatt als Geist zu sprechen, da hat die Traurigkeit völlig recht!"

„Danke", murmelte ich, „das beantwortet tatsächlich einige meiner Fragen. Ich hatte neulich einen Traum, in dem ich geschmeckt und gerochen habe. Es war fantastisch und ich wünschte, ich könnte, was du kannst."

„Ja", erwiderte Luan, „dafür wünsche ich mir, sehen zu können. In einem Traum habe ich einmal für Stunden ein wundervolles Gemälde betrachtet, bis ein rundlicher Museumswärter ankam und meinte, dies sei alles, was ich brauche, um mich gleich darauf aus dem Traum herauszuschmeißen."

„Genauso wars bei mir auch! Der Satz kam bei mir von einer Waffelverkäuferin!", rief ich aufgeregt.

Luan wirkte gespannt: „Das ist mal ein neues Puzzleteilchen. Danke dafür. Wie ist es denn für dich, mir zu begegnen?"

Ich überlegte kurz und meinte dann: „Ich bin etwas überrumpelt. Es tut gut, sich mit jemandem auszutauschen. Mein letztes Gespräch ist gefühlt Jahre her. Deshalb ist es wohl auch so anstrengend für mich."

Ich fühlte, wie Luans Aufmerksamkeit von mir wegdriftete. Das andere Geisterwesen – nein, Seelenwesen - brummelte: „So geht es mir auch. Ein Teil von mir will erfahren, was du alles bisher beobachten konntest, will wissen, wie dein Schlafrhythmus ist und welche Erfahrungen du machen konntest, der andere Teil ist furchtbar erschöpft, wenn wir nur zehn Minuten miteinander sprechen, und kann sich kaum länger auf dich konzentrieren."

„Dann lass uns eine Pause machen und uns in einigen Tagen wieder treffen", schlug ich vor.

„So leicht ist es unglücklicherweise nicht, dann könnten wir ja kurzerhand einen Seelenrat einberufen und alle könnten sich vernetzen und miteinander bestimmt rasch herausfinden, wie der Weg ins Jenseits funktioniert. Ich bin übrigens überzeugt, es gibt diesen Weg und wir sind noch auf dieser Welt, um ihn zu finden. Allerdings habe ich die Erfahrung gemacht, dass es ausgeschlossen ist, geplant eine andere Seele zu aufzusuchen. Wenn wir heute auseinandergehen, kann es passieren, wir treffen uns morgen wieder oder in einem Jahr oder niemals. Es scheint nicht machbar, Verabredungen für die Zukunft festzuhalten und diesen verlässlich nachzukommen. Wieso weiß ich zugegebenermaßen nicht. Aber ich merke, mein Fokus löst sich auf. Es tut mir so leid Robin, ich kann nicht mehr."

Ich war gerührt von der aufrichtigen Bemühung, mit mir in Kontakt zu sein, und verstand nun Luans Versuch noch besser, mir möglichst schnell, möglichst viel mitzuteilen. „Geh", meinte ich, „ich habe das Gefühl, wir treffen uns noch mal und dann erzähle ich dir in den ersten zwei Minuten alles, was ich herausgefunden habe. Ich danke dir für die Erkenntnis, die du mir gebracht hast, und freue mich, wenn wir uns wieder begegnen."

„Ich freu mich auch drauf", antwortete Luan und sank den Bergfried herunter, um sich entspannt über dem Burggraben auszustrecken.

Ich beschloss, sie dort nicht zu stören und mich in einem nahegelegenen Waldstück auszubreiten. Die Zweige einer mächtigen Eiche wirkten einladend auf mich und so hängte ich mich zwischen ihre starken Äste und ging innerlich das Gespräch mit Luan nochmal durch. Ich wusste nicht, ob das Wesen weiblich oder männlich war, hatte jedoch aufgrund der hellen, lieblichen Stimme eine weibliche Assoziation. Der Kontakt zu Luan berührte mich in meinen Tiefen, unsere Unterschiede trotz der vorhandenen Ähnlichkeiten fand ich ebenso spannend, wie beunruhigend. Am meisten fasste mich die rigorose Zielsetzung des anderen Wesens, ins Jenseits zu gelangen, an.

Ich fragte mich erneut, ob mit mir etwas nicht ganz stimmte, denn ich hatte diesen inneren Zug, mich in der großen Energie aufzulösen, nicht. War ich zu eitel? Oder war ich einfach seltsam? Robin zu sein war für mich kein *Muss*, aber es war auch nichts, wovon ich mich um jeden Preis entfernen wollte. Die Begegnung hatte in mir so viel ausgelöst, dass ich beinahe wieder hätte schlafen können. Stattdessen erhob ich mich und segelte los in Richtung Stadt.

Kapitel 6: Für immer und ewig?

Mein Weg führte mich entlang eines kleinen Flusses, der sich, teils von Menschenhand begradigt, durch das Land zog. Ein Radweg näherte sich dem Ufer, folgte dem Flusslauf ein Stück und entfernte sich dann wieder. An einer mächtigen Weide am Flussufer hielt ich inne und verharrte, um die Wasseroberfläche zu betrachten.

Ein Nutria hatte sich mit seiner Familie hier angesiedelt und ich sah, wie eines der witzigen, kleinen Nagetiere in den Fluss abtauchte. Auf dem Wasser glitzerte die Frühlingssonne. Ich beobachtete ein Weidenblatt, das vom letzten Herbst übrig geblieben und auf die Wasseroberfläche gefallen war. Es glitt spielerisch den Wasserlauf entlang, blieb kurz in den Zweigen der Weide hängen, die sanft das Wasser berührten, und setzte seine Reise flussabwärts schließlich fort. Ein schönes Bild für den Lauf des Lebens, wie ich fand und dachte zurück an meine Lebenszeit.

Als Susan hatte ich versucht, mein Leben zu planen. Mit etwa 20 hatte ich mir einen Zehnjahresplan geschrieben und mir selbst erklärt, wie mein Leben verlaufen sollte. Ich erinnerte mich, viele meiner Vorhaben auch umgesetzt zu haben. In manchen Angelegenheiten war dagegen alles vollkommen anders gekommen. Eins meiner gesteckten Ziele war, vor meinem 30. Geburtstag eine zufriedene, langfristige Partnerschaft zu führen und das erste Kind zu bekommen. Zuletzt war ich dann aber überzeugter Single gewesen und der Kinderwunsch war in den Hintergrund getreten. Vielleicht hätte ich mir zugestehen sollen, mehr wie das besagte Blatt der Weide zu sein. Ohne Widerstand die Wellen des Lebens zu surfen und zuversichtlich darauf zu vertrauen, zur richtigen Zeit am richtigen Ort zu sein. Es erschien mir eine leichte Form zu leben, die mit geringer Anstrengung verbunden war. Andererseits hatte es mir Spaß gemacht, mein Leben bewusst zu gestalten, soweit es ging. Ich fragte mich, welche dieser beiden Arten, das Leben zu sehen, die ideale sei. Nach etwas Grübelei stellte ich verdutzt fest, dass die beiden ja gar nicht unvereinbar waren. Schließlich konnte man sowohl im Vertrauen leben, am richtigen Ort zur richtigen Zeit zu sein und trotzdem aktiv daran mitwirken, das Schönste aus diesem Ort zu machen. Ich beschloss, dieser Sichtweise Raum zu geben, mein aktuelles Sein mit Akzeptanz zu betrachten, und gleichzeitig das Beste daraus zu machen.

Fast ironisch dachte ich darüber nach, Akzeptanz als eine Art des Aufgebens gesehen zu haben, als ich noch lebendig gewesen war. Ich hatte gedacht, wenn ich etwas akzeptierte, verlöre ich meine Motivation, es zu ändern. Nun erfuhr ich am eigenen, nicht mehr existierenden Leib, wie anders sich die Dinge verhielten, denn durch diese gewonnene Akzeptanz kam ich erst in die Lage, mein Sein aktiv und schön zu gestalten.

„Wie bereichernd!", murmelte ich leise, während ich in den sanft im Wind schaukelnden Ästen der Weide hing. Hätte ich diese Erkenntnis schon als Susan gehabt, so wäre mein Alltag wohl wesentlich stressfreier verlaufen.

Ich erinnerte mich, als Mensch durchaus viele Ängste gekannt zu haben. Ich hatte die Angst, andere Menschen zu verlieren, erlebt, ebenso wie die Angst vor Höhe. Bis heute erinnerte ich mich an das wankende, schwindelige Gefühl, wenn ich auf einem hohen Gebäude stand und hinunterblickte, und an die Todesangst, die dadurch manchmal in mir ausgelöst wurde. Vor dem Tod konnte ich jetzt ja nicht weiterhin Angst haben. Obwohl ich mir nicht restlos sicher war, ob Seelen nicht auch sterben konnten. Gerade verspürte ich kaum Lust, eine neue, so große Frage in mir aufsteigen zu lassen. Mir war es lieber, das im Wasser planschende Nutria zu beobachten.

Meine Gedanken flossen zurück zu Susans Ängsten. Auch bei diesen hatte ich damals geglaubt, den Kampf gegen sie aufzugeben, wenn ich sie akzeptierte. Von Birte konnte ich diesbezüglich eine neue Perspektive erlernen, während ich einmal als unsichtbarer Gast einer ihrer Therapiesitzungen lauschte. Sie hatte sich damals dafür ausgesprochen, sich mit den eigenen Ängsten auseinanderzusetzen. Allerdings war ihr Ansatz dabei, die Ängste nicht zu bekämpfen, sie nicht wegzudrücken, sich nicht gegen sie zu stellen oder gar zu übergehen, sondern sie zu akzeptieren. Die starken körperlichen Regungen der Angst kennenzulernen, anzunehmen, sie freundlich zu begrüßen, ohne wegzulaufen. Sie hatte ihrem Gegenüber damals erklärt, auch Angst habe eine Daseinsberechtigung und sei nichts Böses, sondern ein Gefühl, welches den Menschen im Grunde beschützen wolle. Sie sei in ihrem Vorgehen nur gelegentlich etwas überengagiert. Ich erinnerte mich, wie die Traurigkeit über Angst und Wut gesprochen hatte, und grinste bei dem Gedanken, wie richtig Birte mit ihrer Idee zu liegen schien.

Meine Mitbewohnerin hatte dann einfühlsam darüber geredet, wie wenige Menschen in ihrer Kindheit und Jugend lernen konnten, Angst friedvoll zu betrachten. Das Wegwischen von Ängsten mit Sätzen wie „Du musst keine Angst haben" oder „Beruhige dich bitte", sei hingegen geläufiger. Als erwachsene Personen sei es dann weiter die einzige Lösung, Ängste zu unterdrücken, sie tunlichst nicht an die Oberfläche zu lassen und nicht hinzusehen. Birte meinte, dies wäre wie einen Topf Milch mit Deckel auf den Herd zu stellen und die Platte

hochzudrehen. Es sei nur eine Frage der Zeit, bis die Milch über-
kochte. Die Lösung sei dann beileibe nicht, den Topfdeckel möglichst
fest auf den Topf zu drücken. Schließlich würde dieser einem beim
nächsten unaufmerksamen Moment doch um die Ohren fliegen.

Sie hatte damals geschlossen mit den Worten: „Die Akzeptanz der
Angst bedeutet nicht dasselbe wie aufzugeben, im Gegenteil: Es ist der
erste Schritt, im Einklang mit sich selbst, diese Angst zu vermindern.
Das ruhige Betrachten des wilden Gefühls ist wie das Herunterdrehen
der Herdplatte."

Ich sann kurz darüber nach und kam zu dem Schluss, eine akzeptierende Grundhaltung für mich umfassender ausbauen zu wollen. Mit
meiner Situation, mit meinen Talenten und *Untalenten*, wie auch mit
meinen Gefühlsregungen. Ein bisschen versuchte ich sogar, meinen
fehlenden Geruchssinn zu akzeptieren, auch wenn mir das ganz und
gar nicht leicht fiel.

Die Äste der Weide begannen im auffrischenden Wind zu wackeln und
ein weiteres, vom Winter vergessenes Blatt glitt ins Wasser. Ich
machte mich winzig klein, um über diesem den Fluss entlang zu treiben. Es eckte an, verfing sich manchmal, wurde mal schneller, mal
langsamer, blieb an einem Stauwehr sogar eine kurze Weile hängen,
bis es letztlich die Stadt erreichte, in der sich unsere Wohnung befand.
Dort angekommen entfernte ich mich von ihm und schwebte Richtung
Ufer.

Eine Horde *Stand-Up-Paddler* in dicken Neoprenanzügen wagte
sich für die erste Paddeltour des Jahres aufs Wasser. Sie lachten laut
und wirkten ganz schön wagemutig, wie sie auf ihren breiten Boards
hin und her liefen und sich sogar ins kühle Wasser plumpsen ließen.
Ich freute mich über ihre pure Form der Freude und verzog mich Richtung der Bänke am Ufer.

Hier saß eine interessante Konstellation zusammen. Zwei Paare hatten sich auf einer der Bänke niedergelassen und führten eine lebhafte Unterhaltung. Das jüngere Paar schätzte ich auf Mitte 20, das andere Pärchen auf etwa 60 Jahre. Die Gruppe zog mich an und ich versuchte, dem laufenden Gespräch zu folgen. Es ging um Beziehungen, Erfahrungen und Lebensideen.

Der junge Mann stellte gerade die Frage: „Habt ihr denn nie Lust gehabt zu heiraten? Wir wollen uns im Sommer das *Ja-Wort* geben und es fühlt sich sowas von richtig und schön an."

Die Frau Mitte 60 ließ sich diese Frage in Ruhe durch den Kopf gehen und antwortete dann: „Wir haben darüber nachgedacht und ich fand die Idee, die Liebe zueinander zu feiern, grundsätzlich schön. Die wirtschaftlichen Aspekte lasse ich mal außen vor, weil ich den Eindruck habe, auf die wollt ihr gar nicht hinaus, oder? Ein Fest für die gemeinsame Bindung zu veranstalten und damit Wertschätzung für diesen besonderen anderen Menschen zu zeigen, finde ich sagenhaft. Ich konnte meinem Partner bloß nie versprechen, ihn für immer zu lieben. Genauso wenig kann ich ihm allerdings versprechen das nicht zu tun." Sie lächelte dem Mann an ihrer Seite liebevoll zu.

Dieser führte ihren Gedanken fort: „Ja, ich habe sie nie als mein Eigentum betrachtet, also hätte ich sie nie *meine* Frau nennen können. Jeder hatte und hat die Freiheit, seinen eigenen Weg zu gehen, auch ohne den anderen Partner. Mir war es nur bisher bei jeder Lebensentscheidung, die ich getroffen habe, lieber, den Weg mit ihr gemeinsam zu gehen. Deshalb sitzen wir heute hier. Wir sind uns beide selbst genug, auch alleine, aber genau deshalb macht es zu zweit so viel Spaß. Ich glaube allerdings nicht, dass das mit dem Thema Hochzeit zu tun hat. Diese Haltung kann man leben, egal ob verheiratet oder unverheiratet oder man kann sie nicht leben. Das Einzige, was ich immer gruselig fand, war, wie gesagt, das Versprechen über die

Zukunft. Ich bin alt und vielleicht sogar ein manchmal weise, aber in die Zukunft schauen kann ich nicht."

Das jüngere Paar reagierte spannenderweise nicht mit Gegenargumenten. Sie schienen die andere Sichtweise nicht als Angriff auf ihre eigene zu sehen und bedankten sich sogar für den Gedankenanstoß. Ich hatte den Eindruck, sie mussten ihre Perspektive weder vertreten, noch begründen oder verteidigen, weil beide mit ihrer Entscheidung zuversichtlich dem Gefühl folgten, das sie in sich trugen und eben diesem Vertrauen schenkten. Ich gluckste etwas, weil ich mich dabei ertappte, das Denken des jüngeren Paares auf der Basis meiner neu gewonnenen Ansätze zu interpretieren. Vielleicht ärgerten sie sich auch über das alte Paar und in Wahrheit kochte es in ihnen. Wer wusste das schon?

Als Susan hätte ich mir jedenfalls die Absicherung im Alter, die eine Hochzeit oft beinhaltete, nicht entgehen lassen wollen. Heute war mir das alles ziemlich egal. Geister oder Seelen konnten nicht heiraten, zumindest nicht hierzulande. Vielleicht ging das in anderen Ländern, ich hatte einmal von einer Person gehört, die eine Puppe geehelicht hatte. Eine Zeremonie wie eine Geisterhochzeit konnte ich mir dennoch nicht so recht vorstellen.

Ich erinnerte mich an eine Freundin von Susan, die jede ihrer neu begonnenen Beziehungen danach ausrichtete, diese für die Ewigkeit beizubehalten. Bei jeder neuen Partnerschaft berichtete sie begeistert, den Richtigen, und zweimal auch die Richtige, gefunden zu haben. Bei jeder Trennung wiederum war sie am Boden zerstört. Damals hatte ich es schade gefunden, wie radikal sie ihre Beziehungen dann entwertete und schlecht über sie sprach. Als sei etwas nur wertvoll, wenn es für immer war.

Ich kehrte zurück in die lichtdurchflutete Wohnung und bewunderte Birtes neuestes Meisterstück. Seit der Trennung von ihrem Expartner zelebrierte sie hingebungsvoll ihre Leidenschaft zum Basteln und zur Kreativität. Diesmal hatte sie einen imposanten Wandspiegel mit weißem, aushärtenden Schaum verkleidet, sodass er wie in ein Wölkchen gebettet aussah. Ich fuhr an den unregelmäßigen, weißen Kanten entlang und bewunderte ihr neues Meisterwerk gebührend. Zwar hatte ich mein eigenes Spiegelbild gemeinsam mit meinem Körper verloren, doch mochte ich Spiegel nach wie vor. Ihre Funktion, die Welt abzubilden, hatte ich in manchen Fotos genutzt, als ich noch fotografieren konnte. Etwas wehmütig bemerkte ich die Tatsache, selbst auf keinem Foto mehr zu sehen sein zu können.

Bei vielen Models hatte ich damals beobachtet, wie das eigene Spiegelbild, so hübsch es auch sein mochte, als Feindbild wahrgenommen wurde. Es wurde ständig optimiert und vermeintlich verbessert. Der Unterschied des eigenen inneren Bildes von sich selbst und des Bildes, welches die Welt draußen sah, war zeitweise so extrem bei den Menschen. Insbesondere wenn Modelle sich für ihr Äußeres oder für Teile dessen schämten, wurde es hart für mich als Fotografin. Sie wirkten dann seltsam unnatürlich und ich bedauerte, wie viel schwieriger es dadurch für mich wurde, ihre Schönheit abzubilden. In diesen Augenblicken hatte ich mir gewünscht, sie hätten sich durch meine Augen sehen können.

Auch meine eigene Selbstwahrnehmung, mein inneres Bild, war mittlerweile ein grundlegend anderes als das, was der Rest der Welt von mir wahrnahm. Es gab de facto selten eine Fremdwahrnehmung von mir, denn die Wenigsten sahen mich. Ich überlegte, ob sich dies, wie bei den Models, auch auf meine Persönlichkeit auswirkte. War ich weniger schön, weil niemand mich sehen konnte? Oder besser: Fand ich mich selbst weniger wunderbar deshalb? Vielleicht ein bisschen.

Die fehlende Logik darin, dass ich Luan hatte sehen können, wohingegen Menschen sie offenbar nicht sahen und, dass die Traurigkeit sowie Annis kleine Tochter mich wahrnahmen, sonst aber kein anderer Mensch, stieß mir übel auf.

In dem Moment kam Dotty in den Flur gestampft, in dem Birte den Spiegel passenderweise platziert hatte. Ihr Schwanz wedelte und die kleine rosa Zunge schleckte glücklich über ihr Mäulchen. Vermutlich hatte sie kurz zuvor ihr Abendessen bekommen, denn ihr Bauch rumpelte geschäftig vor sich hin. Die braunen Punkte auf ihrem hellen Fell hatte ich einmal versucht zu zählen. Da sie ein Mischling war, gesellten sich zu den größeren dunklen und klar abgegrenzten Tupfen auch unzählige kleine Sprenkel, die das korrekte Durchzählen beinahe aussichtslos machten. Nicht mal mir war es mit aller Zeit und Geduld gelungen, sie alle zu erfassen. An der Schulter hatte sie eine Punktezusammenstellung, die wie ein Herzchen aussah. Noch niedlicher fand ich die zwei Punkte oberhalb ihrer Rute. Von hinten betrachtet sah es aus, als wären es zwei Augen und ihr Schwanz ein langer Rüssel. Böse Zungen hätten aus ihrem Hinterausgang den Mund gemacht, aber so weit wollte ich nicht gehen. Ich fand es lustig und amüsant, welche Muster sich aus der zufälligen Zusammenstellung ergaben, und fuhr dem Hund behutsam über die Ohren.

Dotty freute sich noch heftiger und begann wohlig, jene seltsamen Grunzlaute von sich zu geben, die sie machte, um ihr Einverständnis und Wohlbefinden auszudrücken. Sie war durch so viele Lebensphasen, Höhen und Tiefen an der Seite von Birte marschiert und hatte dabei nie deren Entscheidungen angezweifelt. In bedingungsloser Hundeliebe vertraute sie ihrem Frauchen von Beginn an. Dabei hatte ich in einem Gespräch von Birte und Anni einmal erfahren, wie anstrengend Dottys Welpenzeit für Birte gewesen war. Die Hündin hatte lange gebraucht, bis sie in der Nacht durchschlafen konnte und war in vielen Situationen unsicher gewesen. Als das kleine gepunktete

Bündel dann Birte immer wieder nachts um drei Uhr für eine Pipi-runde geweckt hatte, war meine Mitbewohnerin schließlich in ziemlich trübe Stimmung verfallen. Sie liebte Dotty, doch die große Verantwortung ließ sie damals an sich selbst zweifeln. Unaufhörlich hatte sie sich gefragt, ob sie wirklich die geeignete Person für den kleinen Hund war und ob sie ihrer neuen Freundin gerecht werden konnte. Kurzum hatte sie Angst empfunden, nicht gut genug für das Hundebaby zu sein.

Im Nachhinein bezeichnete Birte diese Zeit als *postwelpale Depression*, angelehnt an die Wochenbettdepression, die einige Mütter nach der Geburt beschrieben. Natürlich war ein Hund nicht vergleichbar mit einem Baby, eine gewisse Art des Babyblues war es für Birte allerdings gewesen.

Anni gegenüber hatte sie erzählt: „Alle sagen, wie schön die Welpenphase mit Hunden sei, für mich war es der blanke Horror. Trotzdem könnte ich mir ein Leben ohne Dotty heute nicht vorstellen."

Ich war froh darüber, welche Arbeit sich Birte mit der Hündin gemacht hatte. Schließlich wusste ich, wie unsagbar das Hundemädchen das Leben meiner Mitbewohnerin bereicherte. Trotzdem konnte ich mir vorstellen, wie schwierig es auch manchmal sein musste, so lange so viel Verantwortung für ein anderes Wesen zu tragen.

Nach einem kurzen Besuch bei Birte in der Küche, die bester Laune Eier aufschlug, um sich ein Omelette zu braten, überkam mich Müdigkeit. Ich zog mich über den Kleiderschrank zurück und schlummerte umgehend ein.

Kapitel 7: Miri und die Schönheit

In meinem Traum fand ich mich auf der Treppe zum Eingang eines schlossartigen Gebäudes wieder. Ein gewaltiges Anwesen aus grauem Stein inmitten sattgrüner Wiesen. In einem benachbarten kleinen Gebäude waren Pferde untergebracht und ich sah eine junge Frau, kaum zwanzig Jahre alt, die in wehendem hellen Kleid auf einem stattlichen Schimmel die Auffahrt des Schlosses hinauf galoppierte.

Das Szenario empfand ich als ziemlich kitschig und war deshalb überrascht, eine derartige Situation in meinen Träumen anzutreffen. Ich hängte mich über den Aufgang zur mächtigen Haustür des Schlosses und beobachtete, wie die Frau geschickt vom Rücken des Pferdes sprang und direkt auf mich zulief. Sie sah mich mit dem verschleierten Blick einer Träumenden an. Dann blickte sie langsam an sich selbst hinunter und auf ihre Hände und begann laut damit, ihre Finger abzuzählen. Ein ums andere Mal kam sie dabei auf acht, statt wie erwartet auf zehn.

Sie packte ihren Rock und murmelte: „Ich bin gerade bestimmt 30 Minuten geritten, auf diesem Rock ist kein einziger Fleck, und an meinen Beinen klebt kein einziges Pferdehaar, das muss ein Traum sein!" Den letzten Teil ihres Selbstgesprächs rief sie regelrecht triumphierend heraus.

Dann hob sie den Blick und betrachtete mich mit klaren, inzwischen ganz und gar nicht mehr verschleierten Augen. „Und wer genau bist du und was tust du in meinem Traum?", fragte sie neugierig und ohne Scheu.

Mir klappte die nicht vorhandene Kinnlade herunter. Ich hatte wohl aus Versehen den Traum eines anderen Wesens geentert. Da ich dies als den falschen Zeitpunkt für Zurückhaltung empfand, sprach ich ungeniert: „Hey, ich bin Robin, die Seele einer verstorbenen Fotografin, und ich hatte nicht die geringste Absicht, in deinen Träumen aufzutauchen. Vielleicht kannst du mir sagen, was ich hier tue?"

„Unglaublich," die Augen meines Gegenübers wurden riesig und die junge Frau betrachtete mich mit unverhohlener Faszination. „Ein echtes Astralwesen! Dass mir das so schnell gelingt, hätte ich nicht gedacht. Ich bin Miri und ich glaube, du bist in meinen Traum gerutscht, weil ich es mir so gewünscht habe. Seit einiger Zeit übe ich das luzide Träumen. In den Büchern, die ich dazu gelesen habe, wird es auch Klarträumen genannt. In diesen Träumen bin ich mir darüber bewusst zu träumen, aber es fühlt sich trotzdem alles völlig real an. Ich weiß nur deshalb, dass ich eigentlich zu Hause in meinem Bett liege, weil ich für gewöhnlich einen Finger mehr an jeder Hand habe, wenn ich in der Realität herumlaufe und vermutlich ein Ritt in einem hellen Kleid auf einem wilden Pferd in der Wirklichkeit wesentlich unangenehmer wäre, als er es eben für mich war. Das Zählen meiner Finger ist meine zuverlässigste Anzeige, um festzustellen, wann ich träume und wann ich wach bin. Im Wachzustand komme ich, wie viele andere Menschen, auf zehn Finger. Wenn ich träume, sind es entweder weniger oder manchmal sogar mehr. Es ist quasi mein Check, ob ich in der Realität bin oder nicht."

Ich blickte Miri ungläubig an. „Du willst mir also erklären, du seist ein Mensch aus Fleisch und Blut, der zu Hause in seinem Bett liegt und träumt, den Inhalt seiner Träume jedoch wie im Wachzustand erlebt?"

„Korrekt, oder zumindest so ähnlich", antwortete die mädchenhafte Frau. „Es ist eine Fähigkeit, die jeder für sich erlernen kann. Da alles um uns herum mein Traum ist, bestimme ich, was passiert. Jemandem wie dir zu begegnen, habe ich mir häufig im Wachzustand ausgemalt und anscheinend hat mein Unterbewusstes meinen Wunsch umgesetzt. Danke für dein Erscheinen, Robin, es schenkt mir neue Entwicklung in meinem Lernprozess."

Ich war baff von dieser wunderschönen Frau und wahrscheinlich mindestens so fasziniert von ihr wie sie von mir. Sie sah in diesem Traum aus wie gemalt, mit langen dunklen Locken, die auf schmale Schultern und über ein beachtliches Dekolleté fielen. Die porzellanfarbene Haut bildete einen krassen Kontrast zu den dunklen, mandelförmigen Augen und dem vollen roten Mund.

„Bist du immer so hinreißend schön?", fragte ich frei heraus.

Miri lachte ein perfektes, strahlendweißes Lächeln und meinte verschmitzt: „Noch mal, es ist mein Traum und ich bestimme, was passiert. Ich wähle meine Körperform selbst aus. Dieses Gerät," sie zappelte mit Armen und Beinen, um klarzumachen, dass sie ihren aktuellen Traumkörper meinte, „mag ich unheimlich. Es ist eine Gestalt, die nah angelehnt an meinen realen Körper ist, aber vielleicht an der einen oder anderen Stelle noch ein bisschen verfeinert." Sie zwinkerte und fragte: „Möchtest du auch einen?"

In diesem Moment blickte ich an mir hinunter und sah Füße, die an Beinen hingen, die wiederum verbunden waren mit Hüften. Miri hatte mir einen Körper erträumt. Es war nicht Susans Körper, doch es war ein Körper und ich quietschte begeistert auf. Meine erste Idee war, einen kurzen Sprint hinzulegen, Rennen fühlte sich so unfassbar gut an und das Gefühl meiner nackten Füße auf den Steinen vor dem Schlosseingang war einzigartig belebend. Dann streckte ich mich und genoss die Dehnung meiner Flanken wie nie zuvor.

„Danke", keuchte ich glücklich, „das ist herrlich!"

In Miris Augen lag ein warmer, mitfühlender Ausdruck und ich spürte, wie sehr sie mein Wohlbefinden freute.

„Total gern", antwortete sie lächelnd. „Ich stelle es mir anstrengend vor, die ganze Zeit körperlos zu sein. Mein Körper ist in der realen Welt meine Ausdrucksform nach außen. Als ich mit dem luziden Träumen begonnen habe, ist mir immer klarer geworden, wie viel Halt er mir in meinem Leben gibt. An ihm erkenne ich jedes Mal zuverlässig, ob ich gerade wach bin oder schlafe, und ich wäre bestimmt häufig arg verwirrt, wenn ich ihn nicht hätte. Einmal habe ich geträumt aufzuwachen, und habe gedacht, ich hätte verschlafen. Mit irre viel Zeitdruck bin ich zu meiner Arbeit gerast und habe erst begriffen, dass auch das Aufwachen ein Traum war, als ich meine Finger am Lenkrad meines Autos gezählt habe und plötzlich nur noch sieben hatte statt zehn."

Ihr Bericht trübte kurz meine Stimmung, denn ich wusste um den Fakt, nach Miris Erwachen wieder körperlos zu sein. Da ich allerdings auch diesen Zustand durchaus zu schätzen wusste, verflog meine Trauer rasch und ich konnte mich der Träumenden zuwenden.

„Wie genau bestimmst du dein Aussehen im Traum? Also, wie machst du das?", fragte ich neugierig.

Miri überlegte kurz, wobei sie mit ihrem Zeigefinger den Punkt zwischen ihren Augenbrauen rieb, dann erwiderte sie: „Im Grunde lege ich mich optisch gar nicht so fest, aber im Traum kann ich jedes meiner Bedürfnisse erstens simpler wahrnehmen und zweitens ungehindert ausleben. Je akkurater ich Bedürfnisse auf diese Weise umsetze, desto treffender stellt mein Körper mich selbst dar. Man könnte sagen, er passt zu mir und diese Passung wird von mir und vielen anderen Wesen als schön empfunden. Dabei geht es nicht darum, die Ideale aus irgendwelchen Zeitschriften nachzuahmen, es geht um Bewusstsein. Je bewusster ich bei meinen Bedürfnissen bin, desto sauberer verkörpert mein Körper mich selbst. Im Traum fällt mir das wesentlich leichter als in der Realität, wo Ablenkung, Stress oder vermeintliche Pflichten meine Bedürfniswahrnehmung trüben."

Diese Definition von Schönheit berührte mich ungemein. „Wenn man seinen Bedürfnissen, psychischen wie körperlichen, bewusst folgt, stellt der Körper das eigene Selbst dar und das wird dann als schön empfunden", sinnierte ich laut und ergänzte: „Wow, zweifelsohne eine spannende Sicht. Du hast aber recht, im menschlichen Alltag gibts da bestimmt einige Hürden und Hindernisse."

„Ja", meinte Miri, „allerdings sind wir wohl alle auf dieser hübschen Welt, um zu üben und zu wachsen. Gestern noch schien mir undenkbar und unerreichbar, was ich heute getan und erfahren habe. Robin, ich glaube, ich wache auf und so gut bin ich noch nicht, das verhindern zu können. Vielen Dank für dein Kommen und den Kontakt zu dir. Darf ich künftig versuchen, dich noch mal zu holen?"

„Ja, bitte!", rief ich, merkte jedoch, wie Miris Blick wieder trüber wurde und sie in die unbewusste Traumwelt entglitt. Ich hoffte, meine Erlaubnis früh und laut genug ausgesprochen zu haben. Die träumende Hülle von Miri schwang sich erneut auf das weiße Pferd und trabte mit wehendem Kleid in den Sonnenuntergang. Über diese Fantasie, die wie frisch aus einem Disneyfilm abgepaust wirkte, musste ich kichern. Das Traumszenario blieb noch kurz bestehen, dann begannen das Schloss und die Stallungen, sich langsam aufzulösen. Miri war erwacht und ich fragte mich, ob sie sich an diesen Traum erinnern konnte.

Ich glitt hinüber in meine unbewusstere Traumwelt und ließ mich in den Abgründen meines Seelenschlafs treiben. Mein letzter bewusster Gedanke war der Wunsch, herausfinden zu wollen, was ein Astralwesen war.

Kapitel 8: Du könntest stattdessen Frieden sehen

Ich wurde von einem mächtigen Knall geweckt, der die Erde vibrieren ließ und dumpf in mir nachhallte. Meine Erinnerung sprang sofort zu meinem Traum und Miris fantasievoll ausgestaltetem Schloss. Es dauerte etwas, bis ich vollends in meiner neuen Realität erwachte.

Schlaftrunken blickte ich mich um. Ich hatte keine Ahnung, wo ich mich befand. Die Landschaft war einerseits malerisch, ein grünes Tal mit Nadelbäumen umstellt, und einem kleinen Flüsschen, das sich durch die Senke schlängelte, andererseits irritierten mich grobe Spuren, die von schwerem Gerät in den Boden gegraben worden sein mussten. Wieder rumste es in der Ferne und die Nadelbäume erbebten. So etwas war mir noch nie passiert und die Begebenheit, ohne jegliche Orientierung an einem fremden Ort aufzuwachen, verängstigte mich. Da ich keinerlei Anhaltspunkte hatte, was in einer solchen Situation zu tun war, erhob ich mich, um die Ursache der lauten Geräusche aus der Ferne zu erkunden. In diesem Moment flog ein Geschwader von mächtigen, massig wirkenden Hubschraubern über mich hinweg. Ich schauderte bei diesem Anblick, der enormen Respekt und eine uralte Angst in mir auslöste. Dann nahm ich meinen Mut zusammen und folgte ihnen.

Ihr Ziel war eine nahe Großstadt, die an einem Fluss gelegen war, in welchen der kleinere Fluss aus dem Nadelbaum-Tal mündete. Schrecken durchfuhr mich wie ein Blitz, als ich die Szenerie begriff.

Es wütete ein Krieg und ich wurde Zeuge, wie die Hubschrauber ihre Kampfkraft über der Stadt demonstrierten. Ich hielt inne und starrte wie gelähmt auf die Explosionen, die Verwirrung und die Hilflosigkeit. Es war mir, als hörte ich die Angst der Menschen, die sich in der Stadt aufhielten.

Sie sprach mit harter, eiskalter Stimme: „Lauf! Lauf um dein Leben!", „Du bist so gut wie tot" und ähnliche Sätze. Ich hörte diese Stimme, als säße der Sprecher direkt neben mir und es dauerte einige Sekunden, ehe ich begriff, dass genau dies der Fall war.

Ich hatte an einer der Brücken vor der Stadt gestoppt und hing wie eingefroren über ihr. Auf der steinernen Brüstung der Brücke saß eine große Gestalt und sprach die Sätze, die ich eben so deutlich gehört hatte.

Langsam wandte sie sich mir zu, fixierte mich mit eisig blauen Augen und zischte: „Hallo Robin, wie nett, dich auch einmal kennenzulernen."

Nichts ging mehr. Ich hing bewegungsunfähig in der Luft über der Gestalt und in mir tobte Chaos. Es war mir nicht möglich, mich auch nur einen Millimeter zu bewegen. Hatte ich zuletzt noch über Susans Höhenangst nachgedacht, erschien mir diese wie ein kleines rosa Kaninchen im Vergleich zu der Panik, die mich beim Anblick dieser Gestalt durchströmte. Mein Denken setzte aus und in mir formierte sich als einziger Gedanke der übermächtige Wunsch zu fliehen.

Ich sah, wie die Gestalt auf der Brücke ihre geballte Faust öffnete und in mir wurde es friedlicher. Ich begriff, dass die Angst wortwörtlich ihren Griff um mich gelockert hatte. Zusehends beruhigte ich mich. Nach einigen Sekunden gelangte ich zu meinem rationalen Denken zurück und wurde schlagartig ganz schön sauer.

„Was bitte sollte das denn eben? Lass mich raten, du bist die Angst und hattest Spaß daran, mir eine Kostprobe deiner Macht zu verabreichen! So was Bescheuertes ist mir lange nicht mehr untergekommen", wetterte ich drauf los, erleichtert darüber, die erstarrte Haltung los zu sein. Die Energie, die sich durch das lähmende Gefühl in mir angestaut hatte, brach wie eine Flutwelle aus mir heraus. Das Verlangen, mein Gegenüber kräftig runterzuputzen, war unaussprechlich groß.

Ernst räusperte sich das Wesen auf der Brücke und erwiderte dann knapp: „Ja, ich bin die Angst. Nein, ich habe zurzeit keinen Spaß."

Ich kam mir wegen meines Wutausbruches dumm vor und meinte beschwichtigend: „Entschuldige, aber kannst du mir erklären, was hier vor sich geht?"

„Ja", antwortete die Angst wortkarg und wandte sich von mir ab.

„Und würdest du es auch tun?", fragte ich unwirsch, nachdem ich kurz abgewartet hatte. Offensichtlich hing mir der Schock noch gehörig nach. Ich fühlte mich roh, als ob jede Regung von außen direkt bis in mein Innerstes vordringen könnte. Das war wohl noch eine Wirkweise der Angst. Ich war erstaunt darüber, wie schnell Angst in Wut und diese wiederum in Ungeduld kippen konnte.

„Warte kurz, ich muss mich auf einige der letzten Menschen in der Stadt fokussieren. Es geht gerade um ihre Leben und ich versuche, sie zu retten."

Ich zog mich von der Angst zurück und breitete mich um einen Brückenpfeiler aus, als ich eine kleine Gruppe Menschen wie von der Tarantel gestochen über das Feld vor der Stadt in den nahegelegenen Wald rennen sah. Ein Mann trug zwei Kinder auf seinem Rücken und sprintete trotzdem in einem Tempo, das ich bei Menschen noch nie gesehen hatte. Die Gruppe schaffte es, unverletzt in Deckung zu gehen.

Die Angst wandte sich von ihr ab und mir zu. Wieder spürte ich das Grauen in mir aufsteigen, merkte jedoch, wie es rasch verflog, als die große Gestalt auf dem Brückengeländer ihre Hände entspannte und ihren Blick auf mich weicher werden ließ. Sie lächelte beinahe sanft, als sie ihre Darlegung der Situation begann:

„Also Robin, was du vor dir siehst, ist eine Stadt im Kriegszustand. Die Menschen führen Kriege, seit es diese, manchmal etwas verwirrte, Gattung von Lebewesen gibt. Es ist, als würden sie den Schrecken, der von ihnen ausgeht, zu irgendetwas gebrauchen können. Das neue Ausbrechen eines Krieges ist für mich nahezu ein Fulltime-Job. Ich liege über den Gebieten, die an das Kriegsgebiet angrenzen, wie eine Wolke aus Grauen und gleichzeitig muss ich hier vor Ort konzentriert aktiv sein", führte die Angst aus.

Meine Welt wankte noch immer, da ich noch nie mit einer solchen Situation konfrontiert gewesen war. „Was heißt, du musst dich konzentrieren? Wäre es ohne dich hier nicht wenigstens ein bisschen erträglicher?", wollte ich wissen.

„Das habe ich auch probiert. Wie gesagt, in der Menschheitsgeschichte gab es haarsträubend viele Kriege und ich habe meine Taktiken in diesen auch bereits variiert. Wenn ich mich vollständig raushalte, gibt es noch höhere Todeszahlen. Ich befähige die Menschen dazu, ihren Körpern extreme Leistungen abzuverlangen. Hast du den Mann gesehen, der die Kinder trug? Ich habe seinen Körper so leistungsfähig gemacht. Ich wirke auf Menschen und bin eine Emotion, die eine unvergleichliche, körperliche Reaktion hervorruft", erklärte die Angst.

„Wieso hast du mich dann eben gelähmt?", hakte ich nach.

„Das ist einer meiner anderen Effekte. Ich wollte dich zum Bleiben bewegen, damit ich dich nicht umsonst hergerufen habe. Ich befähige Wesen entweder zur Flucht, zum Kampf oder dazu, wie erstarrt stillzuhalten, bis die Gefahr vorüber ist. Letzteres hast du zu spüren bekommen. Die neuen Seelen auf dieser Welt rufe ich gern einmal zu solchen Extremsituationen wie dieser, damit ich mich begreiflich machen kann. Menschen kennen und sehen mich meistens als Feind. Sie verstehen nicht meine gute Absicht, meinen Zweck. Meine Berufung ist es, ihnen beizubringen, was sie nicht für sich wollen, wovor sie sich schützen möchten und manchmal sogar, dadurch ihr Überleben zu garantieren."

Ich begann zu verstehen. Die Angst hatte die kleine Gruppe von Menschen eben zu außergewöhnlichen Leistungen angespornt. Sie hatte ihren Muskeln Spannung verliehen und ihre Lungen dazu animiert, ihre Körper mit Sauerstoff vollzupumpen.

Ich begann zögerlich: „Ich weiß, du hast gerade zu tun, aber könntest du mir noch ein, zwei Fragen beantworten?"

„Ja", antwortete die Angst, „der Ansturm scheint sich für heute zu legen und ich glaube, der Angriff ist vorerst vorüber."

„Okay", fuhr ich fort, „ich beginne deine Funktion hier zu verstehen, doch was machst du in den Nachbarnationen, über die du dich ausbreitest, wie du selbst gesagt hast?"

„Berechtigte Frage", meinte die Angst. „Menschen, die Angst vor etwas haben, setzen jede Menge Kräfte frei, die verhindern sollen, dass eintritt, wovor sie sich fürchten. Ab und an wird unglücklicherweise dieser Umstand zum Problem, weil sie damit etwas bekämpfen, was noch gar nicht da ist oder was sie nicht verhindern können. Beim Thema Krieg ist diese Schreckensenergie aber oft hilfreich, um eine Ausbreitung zu verhindern. Sie macht den Menschen bewusst, wie wichtig es ist, das Töten einzudämmen und wie verzweifelt sie sich eigentlich Frieden wünschen."

„Ich verstehe", murmelte ich. „Könntest du mir noch meine zweite Frage beantworten?", bat ich. „Warum haben Menschen in Gebieten, in denen kein Krieg herrscht, trotzdem Angst, wenngleich es manchmal gar keine von außen sichtbare Bedrohung gibt? Sie haben Angst vor Höhe, Dunkelheit oder Menschenmengen und manchmal vor

Sachen, von denen sie im Grunde wissen, dass sie gar nicht gefährlich sind. Ich erinnere mich, wie das zu ganz schön viel Leid geführt hat bei mir, als ich noch Mensch war."

Die Angst überlegte kurz und setzte zu einer Erklärung an: „Hm, das ist komplizierter, denn es gibt da dieses kleine, aber wichtige Problem: Für eine Angstreaktion ist es völlig egal, ob tatsächlich eine Gefahr besteht. Es reicht nämlich lediglich ein bloßer Gedanke, um mich auf den Plan zu rufen. Egal, was mich ausgelöst hat: Seit der menschliche Körper geschaffen wurde, reagiert er sehr ähnlich und stellt Energie bereit, sobald ich in Spiel komme. Diese uralte Körperreaktion ist in der Situation, die du vor dir siehst, ungeheuer hilfreich. Auch damals, als ich noch mit Höhlenbewohnern gearbeitet habe, war sie überlebensnotwendig. Da kam ein Säbelzahntiger um die Ecke, ich trat hinzu, jede Menge Energie wurde freigesetzt und *zack* konnte der Urmensch feste draufhauen oder schleunigst wegrennen. In der heutigen Welt gibt es aber viel häufiger das Problem, dass der von mir verfügbar gemachte Schwung, die Spannung, gar nicht abgerufen werden kann. Wenn heute beispielsweise jemand Angst vor Abwertung durch seinen Vorgesetzten hat, kann er nicht einfach weglaufen oder zuschlagen. Chefs reagieren nicht gut, wenn sie mit einer Bratpfanne verhauen werden, glaub mir, hab ich erlebt! Dann staut sich Energie an wie Wasser hinter einem Staudamm und auf lange Sicht kann das zu Leid führen."

Ich bemerkte, wie die Angst eifrig in Fahrt kam in der Bemühung, sich mir so zu zeigen, wie sie wirklich war. Leidenschaftlich erklärte sie: „Manchmal gibt es im Leben der Menschen auch etwas, das ihnen eigentlich Angst machen sollte. Auf diese tiefer sitzende Furcht möchte ich sie hinweisen, ich kann jedoch die Reaktionen der Menschen nicht zielgenau lenken. Dann macht es den Anschein, als ob diese Menschen unverhältnismäßig viel Angst hätten vor einem Reiz, der grundsätzlich gar nicht gefährlich ist. Ich kann nicht kontrollieren, wodurch ich mich als Angst bei dem individuellen Menschen ausdrücke. Ob ich mich abbilde durch Höhe, Spinnen oder eben Züge, liegt nicht in meiner Hand. Zum Beispiel haben manche Menschen Angst vor Flugreisen. Eigentlich liegt dahinter aber auf einer tieferen Ebene beispielsweise die Angst, die Kontrolle zu verlieren. Kontrollverlust ist nun tatsächlich etwas, das Angst rechtfertigt! Sich dem Bedürfnis nach Kontrolle und Sicherheit zuzuwenden, es zu erfahren, zu erspüren und neugierig zu erkunden, wäre also das, was diesem Menschen wahrhaftig weiterhelfen würde. Niemand auf dieser Welt hat zu viel oder zu wenig Angst, wenn er sich die Zeit nimmt herauszufinden, worum es bei seinen Ängsten im Kern geht."

Das reichte mir als Erklärung erst mal aus. Außerdem wollte ich die Angst nicht zu massiv mit ihren eigenen Unzulänglichkeiten konfrontieren. Die anfängliche Machtdemonstration hatte mir genügt, um mir einen gehörigen Respekt vor dem Wesen einzuflößen.

Eine Frage hatte sich während der Ausführungen der Angst in mir gebildet, die ich noch loswerden musste: „Du sagst, du wusstest um mein Neuauftauchen als Seele und du kanntest meinen Namen. Woher?"

Die Angst lachte ein seltsam schauriges und gleichzeitig ausnehmend herzliches Lachen und antwortete: „Du weißt ja von der Traurigkeit einiges über uns Gefühle. Wir sind alle ziemlich eng vernetzt und Seelen sind unsere liebsten Schüler nach dem Tod ihrer menschlichen Hülle. Sie sind seltener anzutreffen als Seelen in menschlichen Körpern, aber ohne diesen viel zugänglicher und aufgeweckter. Deshalb informieren wir uns gegenseitig über euch. Deinen Namen kenne ich aus dem gleichen Grund, aus dem ihn Tiere, Bäume oder manchmal auch Kleinkinder kennen. Es ist dein richtiger Name, den du für dich gewählt hast, den du aber auch gleichzeitig schon immer trägst. Das ist nicht zu verwechseln mit dem Namen, den Eltern für sterbliche Hüllen aussuchen."

Das warf wieder neue Fragen in mir auf, allerdings hörte ich das Brummen von Rotorblättern und das Rattern von Motoren in nicht allzu großer Entfernung.

„Ich glaube, du musst nochmal ran", sagte ich.

„Ja, das scheint mir auch so. Sie geben heute keine Ruhe, als könnten sie nicht genug von mir bekommen. Dabei hätte ich gern noch mit dir gesprochen. Ich denke, es ist besser, du gehst nach Hause. Wir können uns noch mal treffen, wenn du möchtest. Folge deinem Gefühl, dann findest du instinktiv den Weg heim."

Mit diesen Worten drehte sich die Angst der Stadt zu und ich machte mich auf den Weg. Ich war nicht wirklich scharf darauf, mit dieser Emotion so bald wieder zusammenzukommen, obwohl mir ihre Erläuterungen viel Neues gegeben hatten, worüber ich nachdenken wollte. Wie bei der Traurigkeit berührten mich auch bei der Angst ihre Gutmütigkeit und ihr Bestreben zu helfen. Gleichzeitig entfaltete sich eine diffuse Überlegung in mir:

Ich hatte im Hospiz, in dem Frau Warsa arbeitete, gesehen, wie ein Mensch starb und etwas von ihm zurück in eine große, regenbogenfarbene Energie floss. Wenn jedes Wesen eine Seele hatte, die irgendwann den Körper verließ und zurückkehrte in dieselbe Energie, ergab es noch weniger Sinn, ein anderes Wesen zu verletzen. Wenn ein Mensch einem anderen eins über die Rübe zog, schlug er damit schließlich auch einen Teil der Kraft, zu der auch er irgendwann wieder werden würde. Man könnte sagen, er gab sich selbst eins auf den Deckel oder zumindest einem Teil von sich selbst.

Ich warf einen Blick zurück auf das Schlachtfeld und bedauerte unsagbar, diese Erkenntnis nicht mit den Menschen dort teilen zu können. Die Angst hatte gesagt, Kriege seien schon immer Teil der Menschheitsgeschichte gewesen. Einer schlug zu, der andere schlug zurück. Das schmerzte mich, obwohl ich mich auch an einige Ausnahmen erinnerte, die Veränderungen anders herbeigeführt hatten.

Ein Inder war mir im Gedächtnis geblieben und noch ein, zwei andere Menschen. Sie waren mit Geduld und Akzeptanz vorgegangen in ihrem Versuch, Dinge zu verändern, so als hätten sie ein Bewusstsein dafür gehabt, letztlich nur ein Teil von einem großen Ganzen zu sein. Dieser Trend hatte sich bisher bedauerlicherweise noch nicht fortgesetzt.

Traurig murmelte ich meine neuste Erkenntnis vor mich hin: „Die Menschen leben auf einer Erde, auf der es genug von allem für alle gibt, wenn es klug aufgeteilt wird. Trotzdem widmen sie überdurchschnittlich häufig ihr Leben dem Bestreben, genug abzubekommen und noch mehr anzuhäufen. Paradox ist, es macht den Menschen oft gar keinen Spaß, beständig mehr zu erkämpfen oder zu erarbeiten. Sie tun es allerdings trotzdem und meist ohne zu verstehen, wozu es letztlich gut sein soll. Riesige Konstrukte und Weltordnungen haben die Annahme zur Basis, es sei nicht genug für alle da. Menschen empfinden sich als getrennt voneinander. Wenn diese Idee vorherrscht, ist es verständlich, dass schnell ein Kampf und letztlich ein Krieg entsteht.“

In diese verwirrenden, ebenso frustrierenden, wie inspirierenden Gedanken verheddert, schwebte ich erst etwas ziellos umher und hatte kurz die Befürchtung, den richtigen Weg nicht zu finden, als ich mich an die Worte der Angst erinnerte, die mich aufgefordert hatte, meinem Gefühl zu folgen. Ich ließ mich darauf ein, flog dorthin, wo es mich hinzog und plötzlich schien es, als hätte ich einen eingebauten Kompass.

Keinen Tag später befand ich mich wieder in Birtes Wohnung, die sich angsterfüllt im Fernsehen einen Bericht über den Krieg ansah. Dotty lag eingekringelt zu ihren Füßen auf der Couch, als Birte murmelte: „Dieser Krieg darf sich auf keinen Fall ausbreiten."

Kapitel 9: Sinnkrise

Ich schwelgte lange in einer Art leeren Schwere nach meinem Erlebnis mit der Angst. Man könnte sagen, ich war deprimiert. Dabei benutzte ich dieses Wort lange nicht so, wie es Menschen im allgemeinen Sprachgebrauch nutzten. Ich meinte mit deprimiert also nicht, dass ich mich traurig fühlte, sondern viel eher, dass ich mich gar nicht fühlte. Eben absolut leer und dumpf. Dieser Zustand war eine knifflige Gefühlslage für mich. War ich sonst so ein eifriger Verfechter der Akzeptanz, fiel mir diese im derartigen Zustand besonders schwer.

Es war, als ob ich mich wie durch einen Nebel an das Wesen zurückerinnerte, dem es gelang, alle erdenklichen Gefühlslagen rundheraus da sein zu lassen und auch die unangenehmen inneren Regungen als wertvoll zu erachten. Mir schien es in diesen Phasen, als wäre dieses leichte, frohe und offene Wesen gar nicht ich, sondern jemand völlig anderes. Ich litt an meiner reinen Existenz. Dabei schraubte ich mich wie automatisch tiefer und tiefer hinein in meinen Schmerz. Insbesondere, wenn ich versuchte, mein Leid wegzudrücken, zu reduzieren und wegzumachen, wurde es dabei noch schlimmer. Es gelang mir nicht, ein Ende dieses zähen Breis meiner Gedanken zu sehen oder auch nur daran zu glauben, mein Gemütszustand könne jemals wieder anders sein. Ich verfing mich in Hoffnungslosigkeit und Erschöpfung. Wie im Treibsand steckend, war ausnahmslos alles mühsam und anstrengend. Sogar der Flug über den grünen Wald am Stadtrand, der mich sonst zuverlässig mit wohligem Flattern erfüllte, war grau und nervtötend.

Ich wusste, wie traurig mich das Erleben des Krieges und der rohen Gewalt gestimmt hatte. Es hatte mich durchdringend bekümmert, so viele Menschen leiden zu sehen und ihren Schrecken zu fühlen, obwohl er im Grunde gar nicht nötig war. Parallel hatte ich keine Ahnung, wieso ich mich darüber wieder so derartig tief in ein Tief manövriert hatte. Eine leichte Form der Trauer um den Zustand der Welt hätte es auch getan. Ich kannte diese deprimierten Episoden von mir, ihre Frühwarnzeichen, ihren Ablauf und trotzdem gelang es mir nicht, sie zu vermeiden.

Bereits als Mensch hatte es diese Zeiten niedergeschlagener Leere gegeben, in denen ich kein Morgen gesehen hatte. Zu meinem Leidwesen war ich also erfahren mit diesen Begebenheiten. Umso bescheuerter kam ich mir vor, weil ich es mit meinen Krisen nicht besser hinbekam, und zugegebenermaßen machte dieses Selbsturteil meine Stimmung weder heller noch erträglicher.

Antriebslos hing ich über Birtes Schrank und hörte mir meinen inneren Monolog an.

Ich hörte Gedanken wie „Das hat eh alles keinen Sinn", „Jetzt kennst du deine Depriphasen so lange, hast schon so viel gelernt, bist so weit herumgekommen und trotzdem kannst du nicht einfach mal dazu lernen und nicht in so eine Krise abrutschen" oder: „Du hast alles, was du brauchst und bist trotzdem nicht zufrieden, was soll dieser Quatsch, du undankbare Kuh."

Während ich mir so zuhörte, wie ich mich selbst beschimpfte und mir diese unfreundlichen Dinge an den *Seelenkopf* klatschte, begann ich irgendwann, innerlich über meine Selbstvorwürfe zu schmunzeln. Dieser innere kritische Anteil, der sich selbst derart wunderbar abwerten konnte, war bereits als Susan bei mir durchaus ausgeprägt gewesen.

Ich erinnerte mich an Gespräche mit einer meiner besten Freundinnen, die das Talent gehabt hatte, diesen Anteil anzuhören, ohne ihn verändern zu wollen. Sie hatte ihn damals wertfrei zu Wort kommen lassen, was meist gereicht hatte, um ihn zu befrieden und zu besänftigen. Außerdem war es ihr gelungen, sogar diesen inneren Kritiker zu mögen. Sie hatte stets gesagt, er sei ein Teil von mir, der mich eigentlich beschützen wolle.

Diese Erinnerung ließ mich schwermütig seufzen, denn nun hatte ich keinen mehr, der mir zuhören oder mich mögen konnte. Was brachte es, Dinge in Worte zu fassen, wenn sie keiner hörte? Was brachte es, überhaupt zu existieren?

Die aufkommende Sinnkrise ließ das Grau in mir wachsen. Meine Gedanken rankten sich um sinnlose Erkenntnisse und wertlose Leidenswege. Vor dem Hintergrund des neuen Krieges fragte ich mich sogar, was die leuchtenden Vorbilder gebracht haben sollten, die der Menschheit zuvor gezeigt hatten, wie sinnbefreit es war, sich gegenseitig die Köpfe einzuschlagen. Diese Vorbilder hatten so viele Erkenntnisse vorgelebt und in schlauen Büchern niedergeschrieben, die nun doch Schall und Rauch waren.

Wieder dachte ich an meine Freundin von damals, wie sie einfühlsam zugehört hatte, ohne Ratschläge zu erteilen. Mein Wunsch nach Kontakt und meine Sehnsucht, gehört und geliebt zu werden, wuchsen.

Nochmals gelang es mir, kurz aus dem Sumpf meiner Gedanken aufzutauchen und zu betrachten, was geschah. Draußen hatte sich die Dämmerung über die Stadt gelegt. Die Straßenlaternen leuchteten auf und tauchten die Straßen in steriles, aber auch Sicherheit vermittelndes Licht.

Ich wusste auf der Ebene meines Verstandes, dass ich nicht für immer und ewig deprimiert sein würde. Auch wusste ich, es gab einen Ausgang. Auf emotionaler Ebene fühlte ich mich allerdings wie jedes Mal in einer Sinnkrise, als ob dieser Ausgang diesmal nicht da wäre. Es fühlte sich an, als müsste ich für alle Ewigkeit in diesem wabernden grauen Strudel herumeiern, in dem nichts, rein gar nichts, sinnvoll oder gar freudig erschien.

„Du solltest echt aufhören, Trübsal zu blasen, stell dich mal nicht so an", sagte mein innerer Kritiker harsch in diesem Moment und ich drohte wieder zurückzugleiten in die Sinnlosigkeit und den damit verbundenen Seelenschmerz.

Stattdessen schwebte ich zu Birtes Schreibtisch und bewegte einen Kugelschreiber. Ich schrieb. Mir war vorher nie die Idee gekommen, auf diese Weise mühelos mit der lebenden Welt kommunizieren zu können. Obwohl ein Brief von einem körperlosen Wesen vielleicht auch nicht problemlos zu erklären sein würde. Ob sowas überhaupt gestattet war, im Seelenuniversum? Ich wusste es nicht und es war mir auch herzlich egal, denn Fakt war, es funktionierte. Meine Gedanken strömten aus mir heraus auf das recycelte, linierte Papier und ich sah, wie sich Seite um Seite von Birtes Notizblock füllten. Es waren Gedanken, die niemand hörte, die niemand jemals lesen sollte, aber es tat unfassbar gut, sie aus mir herauszubefördern. Es fühlte sich an, als hätte ich bisher eine lange, zermürbende Serie geschaut, sie stillschweigend in mich aufgenommen und sie passiv konsumiert. Mit dem Schreiben war mir, als würde ich aufstehen, um dieselbe Serie selbst zu produzieren. Die Gedanken, die aus mir herauskamen, waren nicht unbedingt rosa glitzernd und schön, doch sie blieben durch das Aufschreiben nicht weiter in mir drin. Durch das Ausformulieren wurde mein Inneres plötzlich zu einem Gegenüber und damit zu etwas, mit dem ich mich auseinandersetzen konnte. Ich war wie berauscht davon, endlich nicht hilflos und passiv, sondern aktiv sein zu können.

Die Sinnlosigkeit blieb, der Zweifel auch, aber die Bewertung meines Erlebens als etwas Schlimmes, Blödes oder Bösartiges wurde plötzlich leichter. Es fühlte sich an, als ob sich ein Knoten langsam auflöste.

Kurz war ich verleitet zu denken: „Siehst du, du wusstest von Beginn an, du würdest nicht für immer antriebslos in der Luft herumhängen. Du wusstest, es würde wieder gehen, wie blöd warst du, trotzdem so maßlos abzurutschen?"

Ich nahm den Impuls zu diesem Gedanken wahr, schrieb ihn auf und begann dann sorgfältig und langsam damit, ihn zu betrachten. Ich beobachtete, wie dieser Gedanke zu mir kam, wie ich ihn für wahr befand, wie er in mir wirkte, wie ich ihn bewertete, wie ich ihn aus mir hinausbeförderte, um dann aufzuhören, ihn zu bewerten. Mein innerer Kritiker war ein, zugegeben strenger Teil von mir. Gleichzeitig war er, wie bereits meine ehemalige beste Freundin gesagt hatte, ein Teil, der mir eigentlich helfen wollte. Er wünschte sich für mich Weiterentwicklung, Erfolg und Stabilität. Dafür respektierte ich ihn. Er wusste schließlich nicht, wie er tatsächlich wirkte, sondern war der festen Überzeugung, mir dienlich zu sein. Irgendwie begann ich, ihn in seinen schrägen Bemühungen lieb zu haben und anzunehmen. Auch davon wurde mein Weltschmerz nicht besser, jedoch wertete ich mich nun nicht mehr ab für meinen Gefühlszustand.

Dotty kam in den Raum spaziert, sorglos und gänzlich im Reinen mit sich. Sie legte sich in ihr Körbchen, schloss selig ihre Augen, leckte sich über die Nase und starb.

Völlig perplex und erschreckt verlor ich kurz alle Konsistenz, sodass ich durch den Schrank und den Fußboden fiel und mich erst vor dem Esszimmertisch der Erdgeschosswohnung des Hauses wieder fing.

Ich hastete zurück zu Dotty und sah ihre Seele. Sie war geblieben! Ein kleines, regenbogenfarbenes und wolkenartiges Wesen hing über dem Hundekörbchen, in dem der Mischling in unbekümmerter Ruhe eingeschlafen war.

Es wandte sich mir zu, seufzte und sagte: „Ist das nicht ein wunderbares Bild des Friedens? Ich habe es so geliebt, Dotty zu sein."

Ich sah das Wesen an und mir war elend zumute, wusste ich darum, wie herb dieser Verlust für Birte sein würde, und teilte meine Befürchtungen der Hundeseele vor mir mit.

„Keine Sorge", antwortete diese, „Birte ist in den letzten Monaten innerlich gewachsen. Sie hat sich verändert und sie wird von mir, als Dotty, wunderbare Erinnerungen zurückbehalten. Sie wird verstehen, sie wird trauern, sie wird eine neue Chance bekommen zu üben, Verluste zu verarbeiten, und das ist genau richtig so. Aber die Fürsorge für sie, die du in dir trägst, berührt mich."

Zögerlich fragte ich: „Wieso bist du hier?"

Prompt antwortete Dottys Seele: „Weil ich mich dafür entschieden habe, nicht gleich weiterzureisen. Ich wollte dir zuerst ein bisschen zuhören, weil ich fühle, du hast gerade einen kleinen Kampf mit dir."

Ich war noch immer verdattert, hatte mir eben ein Gegenüber gewünscht, war ich nun verlegen und unentschlossen, ob ich mich und meine lapidaren Problemchen tatsächlich einer anderen Seele, zudem die einer frisch Verstorbenen zumuten konnte.

Die ehemalige Dotty schien meine Gedanken zu erraten und meinte unverblümt: „Ich glaube, du versuchst auszumachen, ob es okay ist, mir deine Themen vor den Latz zu knallen... Ja, ist es, bei mir ist alles okay! Ich bin eine ziemlich alte Seele, das ist nicht mein erster Tod und wahrscheinlich wird es nicht mein letzter sein. Ich würde mit Vergnügen hören, was dich beschäftigt."

Und so begann ich zu erzählen, von meiner Sinnkrise, von meiner Leere und meinen Zweifeln an dieser Welt. Dotty schwebte ungezwungen mit mir im Raum und lauschte behutsam dem, was ich zu berichten hatte. Sie verband sich mit meinen Gefühlen und ein wundersamer Kontakt entstand.

Dann sagte der Seelenhund: „Danke für das Teilen deines Inneren, ich erlebe da viel Vertrauen und Offenheit. Was für ein Geschenk!"

Und was sich beim Schreiben begonnen hatte zu lösen, verpuffte völlig. Das Aussprechen und nicht bewertet werden hatte mir geholfen, zu verarbeiten, was in mir chaotisch und ungeordnet erschienen war.

„Ich würde dir weinend um den Hals fallen vor Dankbarkeit", sagte ich, „doch du hast ja keinen mehr."

Dottys Seele lachte amüsiert und meinte leise: „Ja sehr gut, dann kann ich ja vorerst gehen. Ein Anliegen hätte ich noch... Ich habe gesehen, du hast vor unserem Gespräch viele deiner Gedanken in Worte gefasst. Ich glaube, das war wichtig und hat dich erleichtert. Trotzdem möchte ich dich fragen, ob du deine Zeilen verbrennen könntest. Ich habe einmal die Erfahrung gemacht, wie Nachrichten aus dem Jenseits auf Menschen wirken. Damals war ich noch nicht oft gestorben und habe ein ganz schönes Desaster ausgelöst. Ich habe die Ahnung, ein Brief von einem deprimierten Seelenwesen wäre gegenwärtig nicht das Günstigste für Birte."

„Ja, natürlich", stammelte ich, „aber was heißt, du kannst jetzt gehen? Wie?"

Die andere Seele gluckste wieder: „Stimmt, du lernst ja noch. Wenn alles da ist, was du brauchst, kannst du entscheiden, ob du bleibst oder gehst."

Ich war denkbar aufgeregt: „Wenn alles da ist? Wenn was da ist? Wie mach ich das?"

„Du bist auf dem besten Weg dahin, bleib zuversichtlich, hör auf deine Intuition und du wirst unmissverständlich wissen, wenn es soweit ist."

Damit ballte sich die Regenbogenwolke zusammen und ihre Farben wurden kurz schillernder und intensiver. Dann wurde ich erneut Zeuge, wie eine Seele auf ihre Wanderung ging und sich am Himmel mit einem gigantischen Farbenspiel vereinigte. Sie wurde eins mit der Kraft, die in uns allen steckt. „Wenn wir alle irgendwann wieder eins sind", rief ich der Seele nach, „macht dieses beknackte Gehabe um Krieg, Verlierer und Sieger einfach noch weniger Sinn!"

Dieser Gedanke stimmte mich plötzlich hoffnungsvoll, er verlieh mir eine innere Freiheit und das Wissen darum, letztendlich wieder vereint zu werden.

Gerührt verfolgte ich das Schauspiel am Himmel und freute mich für die Seele genauso sehr, wie ich um Dotty trauerte. Ihr Verlust war nicht nur für Birte ein harter Schlag, auch ich hatte soeben eine liebenswürdige, warmherzige Freundin verloren, die mir obendrein ein wunderbares Geschenk gemacht hatte. Ich wusste, meine Sinnkrise würde wiederkommen, ich wusste, die Leere würde zurückkehren doch ich fühlte, ich musste keine Angst davor haben.

Ich blickte auf und sah das Farbenspiel, in das Dottys kleine Seele zurückgeflossen war. Wieder sah es für mich aus wie regenbogenfarbene Nordlichter, die über den nächtlichen Himmel waberten und bis zum Horizont reichten.

In diesem Moment beschloss ich für mich, das Spiel dieser Welt, das Spiel von Leben und Sterben mitzuspielen und herauszufinden, was es herauszufinden gab. Ich wusste bereits, ich war keine klassische 08/15-Seele, die sofort nach dem Tod ihres Körpers eins wurde mit den anderen. Plötzlich gab mir dieser Gedanke die beschwingte Freiheit, es eben auch nicht wie alle anderen machen zu müssen.

Mit diesen Gedanken nahm ich, noch ziemlich benommen von den Erlebnissen, meine Schriftstücke auf. Ich schwebte mit ihnen zu dem kleinen gemauerten Steingrill im Hof und entzündete sie. In der Dunkelheit stoben aus dem zusammengeknüllten Papier lustige Funken und ich betrachtete die kleinen Flammen, die meinen Text zunichtemachten. Er löste sich nicht auf, ohne etwas zu hinterlassen. Denn obwohl die Zeilen niemand gelesen hatte, hatten sie mir eine beträchtliche Erleichterung verschafft, die durch die Flammen nicht ausgelöscht wurde.

Während ich so in das kurze, heftige Feuerchen blickte, begrüßte ich in mir meine alte Freundin, die Traurigkeit, und widmete diesen Abend einer wunderbaren Hündin und liebevollen Seele, Dotty.

Kapitel 10: Eure Hoheit, die Amsel

Birte fand Dottys zusammengerollten Körper am nächsten Morgen, kurz nachdem sie erwacht war. Wie jeden Tag war sie mit dem ersten Weckerklingeln aufgestanden. Sie nutzte niemals die *Snooze*-Funktion, was ich sehr an ihr bewunderte. Als Susan hatte ich des Öfteren verschlafen, weil ich etwa sechsmal noch zehn weitere Minuten schlummern wollte und meinen Wecker im Halbschlaf auf später verstellte. Ich hatte mir das Dösen am Morgen angewöhnt, Birte hingegen vermied es rigoros. Vielleicht lag es an der fröhlichen Weckermelodie, an Birtes Selbstdisziplin oder ihrer Angst, nicht rechtzeitig bei der Arbeit zu sein: Sie schwang grundsätzlich pünktlich die Beine aus dem Bett. In einer Art Morgenritual setzte sie anschließend ihre Füße auf dem unendlichen weichen künstlichen Lammfellteppich vor ihrem Schlaflager ab und überlegte sich mindestens eine Sache, auf die sie sich am anbrechenden Tag freute. Diese wurde in einem kleinen Notizbuch auf ihrem Nachttischchen notiert. Dann schlüpfte sie in ihren altrosafarbenen Morgenmantel und tappte zum Hundekörbchen, um Dotty ihre morgendlichen Kuscheleinheiten zu schenken.

Heute war der Ablauf anders. Zwar war Birte wie üblich pünktlich, doch ich beobachtete sie genau und sie wirkte von der ersten wachen Minute an beunruhigt. Ohne Morgenmantel und ohne wie gewöhnlich auf dem weichen Teppich zu verharren, ging sie zielstrebig zu Dottys Korb. Sie schien instinktiv zu wissen, was geschehen war, noch bevor sie hingesehen oder gar die Hündin berührt hätte. Langsam fiel sie auf die Knie, nahm den gepunkteten Kopf in beide Hände und strich behutsam über die getupften Ohren, die ihr so viele Male zugehört hatten. Sie murmelte sanfte Worte des Dankes und begann, leise zu weinen.

Dottys Seele sollte recht behalten. In den kommenden Tagen geschah kein Verdrängen, kein reger Aktionismus, um die Traurigkeit zu verscheuchen, keine Ablenkung, wie ich es ein bisschen von Birte erwartet hätte. Nein, sie hatte sich verändert und widmete der Trauer um die vierbeinige Freundin viel Zeit. Gemeinsam mit Anni brachte Birte Dottys sterbliche Überreste in ein Tierkrematorium und kam mit einer Urne zurück. Diese platzierte sie auf einem kleinen Regal im Wohnzimmer, auf welches am späten Nachmittag die langen Sonnenstrahlen des endenden Tages fielen. Ich mochte den Platz und betrachtete die kleine Urne gerne. Birte hatte als Gefäß einen tropfenförmigen Glasbehälter gewählt, in dessen Innerem die Asche ihrer alten Hundefreundin gut aufbewahrt war. Das Glas schimmerte in verschiedenen grünlichen Nuancen und war durchzogen von einigen Silberstreifen. Ich verbrachte viel Zeit damit, die glänzenden Farben gründlich zu erkunden und dabei meinen Gedanken freien Lauf zu lassen.

Als ich einmal so damit beschäftigt war, das Gefäß mit Asche anzuschauen, formte sich in mir die Frage, was wohl mit Susans Körper geschehen war. Hatte man ihn auch verbrannt? War er andernfalls in einem Sarg beigesetzt worden?

Wie ein Blitz durchfuhr mich die Erinnerung an weiße Decken und den Geruch von Desinfektionsmittel, einen Krankenhausflur und eine Frau im weißen Kittel, die besorgt auf eine brünette Frau Mitte 50 einredete. Ich wurde liegend durch den Flur geschoben und die Frau mit den braunen Haaren lief dicht bei mir. Sie sah mich an und in ihren

Augen lag so viel Fürsorge und Liebe, dass es mich innerlich beinahe zerriss.

Das Hupen eines aufgebrachten Autofahrers auf der Straße vor der Wohnung beförderte mich rapide zurück in die Gegenwart. Ich rüttelte meine Elemente einmal durch, schüttelte die Erinnerung an die brünette Frau mit den warmen, braunen Augen ab und jagte durchs Fenster hinaus in die Frühlingsluft.

Wie eine Furie rauschte ich über die Stadt und hastete den Fluss entlang. Schließlich hängte ich mich, vibrierend vor emotionaler Intensität, über den Kirchturm einer kleinen Nachbargemeinde der Stadt. Ich erkannte die Frau aus der Erinnerung als meine Mutter. Der Schmerz, der damit einherging, war unfassbar und ich war der festen Überzeugung, wenn ich eine höhere Dosis davon zuließe, würde ich einfach implodieren und mich in Luft auflösen. Abermals war ich genervt von mir selbst, hatte ich mir neulich noch eingebildet, alles mit Akzeptanz und Wohlwollen anzugehen und jedes Gefühl tolerant durchleben zu können. Aber das, was augenblicklich in mir wütete, war zu viel. Alles in mir sträubte sich dagegen, diese Erinnerung zuzulassen, und so war ich erleichtert, als ich bemerkte, wie sich langsam wieder ein grauer Schleier des Verdrängens über die Szene im Krankenhaus und die liebevolle Frau legte.

Ich betrachtete, wie ein Vogelpärchen in der großen Linde neben dem Kirchturm ihren Nachwuchs versorgte. Die kleinen Küken reckten lebhaft ihre grau-rosafarbenen Köpfchen in die Luft, während die Eltern unermüdlich Futter herbeischafften. Das rege Treiben half mir, aus meinem *Flashback* restlos ins Hier und Jetzt zurückzukehren, wofür ich höchst dankbar war. Niemals wollte ich an diesen Augenblick zurückdenken, den ich innerlich als schlimmsten Moment in Susans Leben betitelte.

Ich hing noch eine Weile sinnlos über dem Kirchturm herum. Ich hatte kein Ziel und keine Aufgabe, keine Erwartung an mich selbst und das besänftigte mein Inneres zusehends. An anderen Tagen flog ich los und malte mir bereits beim Aufbruch aus der Wohnung aus, wie es an meinem Zielort sein würde. Dann entschwebte ich meinem Zuhause mit einem fest umrissenen inneren Plan, beziehungsweise Vorhaben, wie zum Beispiel den Fluss zu beobachten oder Frau Warsa zu besuchen. Heute war es anders, ich hing buchstäblich in der Luft, ohne zu wissen, was der nächste Schritt sein sollte.

Als Susan hatte ich meine Tagesabläufe gut organisiert. Jede Tätigkeit griff effizient in die nächste und erschuf ein strukturiertes Gerüst, in dem Handlungen perfekt aufeinander abgestimmt waren. Damals hatte ich diese Handlungsketten geliebt, da sie mir Sicherheit und Planbarkeit geschenkt hatten. Selbst als Geist war mir die Vorliebe zu derartigen Abläufen geblieben. Deshalb formulierte ich oft Absichten und Pläne, bevor ich aus der Wohnung startete. Ich verknüpfte einen Flug über den Wald mit einer Pause am Fluss oder einen Besuch der nahe gelegenen Burg mit einer Stippvisite bei einem Bienenvolk, welches seit langer Zeit in einem alten Apfelbaum an einer Streuobstwiese ansässig war. Wenn ich A tat, dann konnte ich gleich zu B übergehen und auch noch C erledigen. Nach dem Auftauchen aus meiner letzten Sinnkrise hatte ich bewusst beschlossen, mutiger der Planlosigkeit mehr Raum zu überlassen. Deshalb verharrte ich planlos und hing über dem Turm, beobachtete die Vögel und war einfach nur da.

Birte war ab und an auf einer Social-Media-Plattform unterwegs. Kürzlich hatte ich ihr über die Schulter geschaut und dort die nette Aussage „Es heißt *human being*, nicht *human doing*" gelesen.

Ob dies womöglich auch für Seelen galt?

Plötzlich schlug die Glocke im Turm zur vollen Stunde und ich spürte die wogende Kraft des Klanges in mir. Er erfüllte mich. Dunkel und wohlklingend breiteten sich die Schwingungen in mir aus, wie Wellen auf einem See. Die Empfindung innerer Bewegung und die Erschütterung meiner Einzelteile waren mir neu. Es fühlte sich an wie eine sanfte Massage, die alles in mir an den vorgesehenen Ort zurückbrachte. Mir war fast, als ob der Klang mich tatsächlich berührte, und ich erlebte gespannt diese neuartige Form der Wahrnehmung. Entzückt erfühlte ich bei jedem ertönenden Glockenschlag, wie er mich kraftvoll erfasste und dann weich abklang.

Ich erinnerte mich, in der vergangenen Sinnkrise noch gedacht zu haben, es könne nichts mehr Neues geschehen. In diesen schmerzhaften Zeiten der inneren Leere hatte ich mich gefragt, was noch kommen sollte, nachdem ich so viel erlebt, erreicht und gesehen hatte. Auf einmal wurde mir bewusst, wie jeder Tag eine noch nie da gewesene, unplanbare Erfahrung mit sich bringen konnte.

„Wenn wir Raum für Unvorhergesehenes lassen", überlegte ich, „geben wir dem Neuen in unserem Leben eine Chance".

Ich freute mir ein Loch in den Geisterbauch darüber, dass es zwölf Uhr war und ich zwölf volltönende Glockenschläge in mir erfahren konnte. Es war unbeschreiblich wunderbar, Teil einer akustischen Schwingung zu sein. Ich war zutiefst erfüllt von wellenförmigem Klang, als der letzte Glockenschlag verhallte und langsam in mir abebbte.

Ich zog mich einige Male zusammen und dehnte mich aus. Als Mensch hätte ich mich als atemlos oder belebt bezeichnet, nun war befreit und beschwingt wahrscheinlich eine bessere Beschreibung für meinen inneren Zustand.

Die männliche Amsel hatte ihren Futterflug unterbrochen und starrte mich irritiert an. Sie glaubte eindeutig, ich sei nicht ganz bei Sinnen. Das Gegenteil war der Fall. Ich war so sehr bei Sinnen, wie schon lange nicht. Die schwarzen Augen des Vogels musterten mich und ich kam nicht umhin, den Blick als hochmütig, amüsiert zu empfinden. Ein bisschen wirkte das Tier wie ein Graf, der von oben herab einem Angestellten Anweisungen erteilte.

Ich kicherte los, noch immer wie beschwipst von dem Glockenklang, ballte mich zusammen und dehnte mich unmittelbar vor dem arroganten Vogelwesen aus. Manchmal hatte ich ausgemachten Spaß daran, den Geist raushängen zu lassen.

Der Vogel legte seinen Kopf schief und begann zwitschernd über meine Dreistigkeit zu schimpfen.

Ich fühlte mich wie ein Kind, das einen Streich gespielt hatte: Eine Spur beschämt, jedoch viel zu belustigt, um das Schamgefühl großartig anwachsen zu lassen.

Genervt drehte sich der Vogel, der mich augenscheinlich als unbelehrbar abtat, von mir weg und startete zur Jagd auf den nächsten Regenwurm, um ihn an seine wilde Kindermeute zu verfüttern.

Mir war als Susan ein Klangschalenworkshop zuteilgeworden, den ich in überaus positiver Erinnerung behalten hatte. Allerdings wäre ich nie auf die Idee gekommen, Klang, auch als Seele, derart schön und rein empfinden zu können.

Der nächste Schlag der Kirchturmuhr würde lediglich ein einzelner sein. Ich wollte nicht das intensive Erlebnis der 12 Schläge in meiner Erinnerung reduzieren. Die Vorstellung, das wunderbare Gefühl erneut erfahren zu können, aber dann nur so kurz, bereitete mir Unbehagen. Es wäre, wie wenn man bloß einen Löffel von seiner Lieblingsspeise essen dürfte. Um mir diese Schmach zu ersparen, erhob ich mich, hüpfte zum Vogelnest und von dort über die Dächer der Kleinstadt in Richtung Birtes und meiner Wohnung.

Während meines Fluges sann ich über mein Glockenerlebnis nach. Offenbar hatte es mir heute gutgetan, ohne durchdachten Sinn und absichtslos draußen zu sein. Sinnloses Rumhängen, erinnerte ich mich, war von Menschen in meiner damaligen, lebendigen Umgebung im Allgemeinen harsch abgewertet worden. Heute hatte ich erfahren, was es bringen konnte, sich in unvorhersehbare Situationen zu begeben.

„Vermeintliche Sinnlosigkeit oder besser Planlosigkeit gibt uns erst die Option zur Überraschung", sinnierte ich.

Heute war ein Moment voller Leere unerwartet zu einem Moment reinster Fülle geworden. Das hatte geschehen können, weil ich dem Eindruck von Sinnlosigkeit nicht ausgewichen war.

Kapitel 11: Wie Knete

Mein Weg zurück zur Wohnung leitete mich durch die Fußgängerzone der Stadt, in der buntes Treiben herrschte. Sehnsüchtig verharrte ich vor einem Laden, der Seifen, Öle und natürlich hergestellte Parfüms verkaufte. Ein Mann schnüffelte sich durch das Angebot, fuhr sich wiederholt mit einer streichenden Bewegung durch den stylishen Drei-tagebart und ließ sich von der Verkäuferin umfassend beraten. Er wollte ein Geschenk für seine anspruchsvolle Mutter erstehen und besprach mit der Frau hinter der Ladentheke die Vor- und Nachteile der einzelnen Düfte. In meinem Neid auf sein Geruchserleben hätte ich am liebsten seinen locker um den Hals geschlungen Schal geklaut und ihm damit einen gehörigen Schrecken eingejagt.

Schmunzelnd erinnerte ich mich an die Lektion der Angst. Wir waren Teil der gleichen Energie und nur aktuell durch Körper getrennt voneinander. In diesem Bewusstsein war mir klar, ich würde mir mit einem derartigen Schabernack selbst eins auswischen. Der Neid ver-blasste im Nu.

Plötzlich sah ich auf der Straße die Traurigkeit, wie sie hinter einem Mann im Tweedanzug herlief, offensichtlich, um ihn zu einzuholen. Das Tempo der beiden zog dabei meine Aufmerksamkeit auf sich, denn im Gegensatz zu den anderen Passanten hasteten die beiden gehetzt durch die Einkaufsstraße. Ich beschloss, ihnen zu folgen, und schwebte aus dem Laden der Düfte hinaus in die Menschenmenge.

Den Mann im Anzug erblickte ich prompt, sein Gesicht war rot angelaufen und merkwürdig verzerrt. Die Traurigkeit hingegen war verschwunden. Statt ihrer wurde der Mann unterdessen von der staksigen, großen Gestalt der Angst verfolgt. Sie war ihm dicht auf den Fersen, erwischte ihn jedoch nie ganz. Der Herr hetzte voraus und wirkte auf mich geladen wie ein Kugelblitz. Ich schwebte über den beiden her und musste kräftig Gas geben, um sie nicht zu verlieren. So begleitete ich sie bis in den Park, in dem die Fußgängerzone endete.

Hier stand eine kleine Menschenmenge vor dem Wagen eines Eisverkäufers und ich war flüchtig abgelenkt, da mich die farbenfrohe Eisauswahl und die vielen verschiedenen Sorten faszinierten. Es gab *Schokolade-Basilikum* als Geschmacksrichtung neben *Erdbeer-Pfeffer,* *Lavendel-Vanille* und *Minze-Stracciatella.* So was kannte ich nicht und meine Neugier fesselte mich deshalb kurzzeitig an die Erkundung dieses außergewöhnlichen Angebots. Während ich mir noch wünschte, eine Kostprobe dieser Eiscreme versuchen zu können, verschwand der Tweedanzug aus meinem Sichtfeld. Schweren Herzens eiste ich mich von der Menschenmenge los, um den Mann und die Angst wiederzufinden.

Auf einer Bank an einem Springbrunnen fand ich den Herrn mit der mittlerweile purpurroten Gesichtsfarbe. Er hockte verkrampft auf der Kante der Sitzfläche. Mit geballten Fäusten trommelte er auf seine Oberschenkel und biss so feste seine Zähne aufeinander, dass man die ausgeprägten Muskeln seines Kiefers unter seiner Haut arbeiten sehen konnte.

Hinter ihm, auf der Lehne der Bank, saß ein kleines Mädchen in einem hellblauen Kleid mit weißen Strümpfen und schwarzen Lackschuhen. Ich traute meinem Sehsinn kaum, als dieses Mädchen sich plötzlich auflöste und sich wabernd in einen rötlichen Klumpen mit funkelnden Augen verwandelte, der wiederum mit dem nächsten Wimpernschlag die Gestalt der Traurigkeit annahm.

Der Brunnen, auf dessen Rand ich mich niedergelassen hatte, plätscherte hinter mir und das Gluckern übertönte jedes andere Geräusch. So hörte ich die Traurigkeit nicht kommen und erschreckte mich fürchterlich, als sie freudig neben mir in ihre kleinen, juwelenbestückten Hände klatschte.

„Hallo Robin, hier bist du also unterwegs, schön dich wiederzusehen", rief sie, die Augen auf den Mann auf der Parkbank gerichtet.

Ich starrte sie an wie ein geblümtes Nilpferd. „Es… es gibt dich doppelt! Nein, ich sehe doppelt, glaub ich", stotterte ich verwirrt. „Wie kannst du gleichzeitig hier bei mir stehen und da vorne bei dem Mann auf der Banklehne hocken?"

Die Traurigkeit sah mich einen Augenblick lang irritiert an und schüttelte dann den Kopf. „Ach, du kennst das noch nicht!", schmunzelte sie wohlwollend und grinste wissend. „Natürlich kann ich an etlichen Orten zur selben Zeit sein und mich auch mehrfach in meiner Gestalt zeigen, aber das Kerlchen da vorne auf der Bank mit dem Mann, das bin nicht ich", erklärte sie langsam.

Ich bekam es mit der Angst zu tun, kannte ich aus meinem Leben als Mensch Gruselgeschichten über Gestaltwandler und Kobolde, die jede erdenkliche Form annehmen konnten. „Bist du hier, um diesen Gestaltendieb zu jagen? Ist das so eine Geistergeschichte, in der dir deine Identität geklaut wird?", fragte ich.

Die Traurigkeit prustete los. „Meine Güte, du hast wirklich ein paar *Science-Fiction-Fantasy*-Krimis zu viel gelesen! Nein, nein, ich habe hier zu tun, das ist alles." Sie sprang in ihrer gewohnten jugendlichen Mühelosigkeit auf, winkte ihrem Doppelgänger auf der Bank zu und rief: „Huhu Herzchen, komm mal rüber, du kannst Robin kennenlernen. Diese Seele ist noch nicht lange in ihrer Seelengestalt unterwegs und macht sich gleich in ihr Höschen, wenn du dich nicht vorstellst."

Ich war gekränkt über diese rabiate Darstellung meiner inneren Ängste. Die Szene, die folgte, ließ mich meinen angekratzten Stolz jedoch rasch vergessen.

Die zweite Traurigkeit erhob sich von der Banklehne, wandelte sich beim Aufstehen in das kleine Mädchen mit den Lackschuhen und weiter in den Klumpen, der langsam und dennoch entschlossen auf uns zu kroch.

„Hey, hey, die Traurigkeit und die kleine Robin", grölte er mit kräftiger, freundlicher Stimme.

„Ich bin nicht klein und würde nun gerne wissen, mit wem ich es zu tun habe", antwortete ich patzig. Schon als Mensch hatte ich flapsiges Reden über mich nicht ausstehen können. Aus dem Augenwinkel sah ich, wie sich der Mann in Tweed auf der Parkbank entspannte.

Die echte Traurigkeit klinkte sich ein: „Darf ich vorstellen, das ist die Wut, Robin. Sie hat nicht die besten Manieren, doch ich bin sicher, ihr werdet euch gut unterhalten. Ich gehe mal zu Herrn Drumpf dort drüben", sie deutete auf den Herrn, dessen Gesichtsfarbe sich langsam normalisierte. „Er kommt aus einer finanziell sehr erfolgreichen Familie, der er gerecht werden will, und das führt ihn andauernd in ziemlich starke emotionale Zustände." Die Traurigkeit hüpfte zu dem Mann auf der Bank, während sich die Wut zu mir auf den Rand des Brunnens gesellte.

„Soso, eine Seele, die ich noch nicht kennengelernt habe. Das ist ja fast ein Verbrechen. Ich hatte aber auch einiges zu tun in letzter Zeit. Die Menschen sind so wütend wie lange nicht. Wir Emotionen kommen kaum hinterher mit der Arbeit", setzte die Wut an.

Ich war noch ganz perplex von der Form dieser Emotion und wieder wich meine Verärgerung über die Umgangsformen meiner

Neugier und meinem Wissensdurst. Der Klops vor mir schien eine ähnliche Konsistenz wie Knete zu haben und änderte seine Farbgebung permanent von Rot zu Braun zu eher Violett.

„Würdest du mir erklären, wie deine Gestalt funktioniert? Wieso veränderst du dich andauernd?", wagte ich einen Erkundungsversuch.

Die Wut räusperte sich, spuckte einen schleimigen Klumpen aus und schob ihren restlichen Körper darauf, um mit dem Auswurf zu verschmelzen.

Mich schüttelte es vor Ekel und die Wut lachte wackelnd über meinen Reflex.

„Das war eine völlig normale Körperreaktion von mir, kein Grund zu erschaudern, meine Liebe. Mir scheint, da ist das Seelchen echt noch eng am Menschen, die ekeln sich auch vor den normalsten Dingen. Statt stolz auf ihre Körper und deren Geräusche und Gerüche zu sein, entschuldigen sie sich für alles Mögliche und Unmögliche: Für Rülpser, Pupse und sogar manchmal für ihre komplette Verdauung. Verrückt, wenn du mich fragst. Na, wie auch immer", die Wut machte eine nachdenkliche Pause und sprach dann weiter: „Meine Gestalt möchtest du verstehen? Lass mich versuchen, dir zu erklären, wie ich funktioniere, denn meine Gestalt und meine Funktion sind untrennbar miteinander verbunden."

„Okay, schieß los", erwiderte ich zart genervt und auch ein bisschen ertappt. Tatsächlich war mir als Susan beigebracht worden, verschiedene Körperfunktion und vor allem Gerüche seien ungehörig und eklig. Diese anerzogenen Bewertungen hatte ich als Robin blindlings beibehalten. Nun grübelte ich darüber, ob ich sie einmal hinterfragen sollte.

Die Wut grunzte und begann: „Wut ist eine innere Regung, das müsstest du noch wissen. Die meisten kapieren es, wenn sie mich fühlen, weil ich sehr aktivierend und belebend wirke. Ich gebe Kraft, um Situationen zu verändern, und so die eigene Sicherheit zu gewährleisten. In meiner ursprünglichen Funktion bin ich dazu da, eigene Grenzen wahrzunehmen und für diese einzutreten. Das ist mir wichtig: Ich bin die Abgrenzungsemotion schlechthin und habe in meiner puren Form nur fürsorgliche Intentionen. Danach fängt's allerdings an, kompliziert zu werden. Wenn dich einer überreden will, vom Dreimeterbrett zu springen, du aber gar nicht möchtest und wütend wirst, ist das eine Sache. Wenn du jedoch näher hinguckst, wie fühlst du dich dann noch?"

„Ängstlich", antwortete ich wie aus der Pistole geschossen.

„Jup", sagte die Wut. „Wenn du wütend bist, weil dein bester Freund dich versetzt und du allein und einsam den Abend verbringst und glaubst, niemand auf der Welt hat dich lieb, was fühlst du dann eigentlich?"

„Hm," ich überlegte kurz, „ich glaube, ich wäre dann ziemlich traurig."

„Wieder jup", meinte die Wut. „Merkst du was? Ich bin eine Regung, die jeder kennt, doch an meiner Wurzel bin ich nicht EINE Regung, sondern ich beinhalte viele Gefühle. Auf dem Boden meiner selbst bin ich selten pur oder alleine. Beziehungsweise allgemeingültiger: An der Wurzel von Wut liegt in echt meistens nicht Wut, sondern eine total andere Regung. Ich deute lediglich darauf hin, wie dringlich dort ein emotionaler Inhalt Aufmerksamkeit benötigt. Jetzt könnte ich eine Identitätskrise deshalb bekommen, aber im Grunde find ich, ich bin das coolste Gefühl von allen. In mir sind sie alle vereint, die Hilflosigkeit, die Scham, die Ungeduld, ich war alles schon mal, sogar Freude."

Ich musste das Gehörte nochmals durchdenken. Es schien mir ganz schön verzwickt. Ich hatte geglaubt, bei meinem Kennenlernen der

Wut einen trampeligen, jähzornigen Teufel anzutreffen. Dies nun zu verstehen, erforderte richtiggehend Hirnschmalz.

Der Klops brummte nochmals los: „Wenn sich die Leute Zeit nehmen und hinfühlen, spüren sie für gewöhnlich erst mich, dann das, was dahintersteckt, und wenn sie dabeibleiben, dann habe ich meinen Job getan und ziehe meiner Wege. Meistens kommt es aber nicht so weit und sie hängen in mir fest. Sie bleiben dann ewig lange in ihrer Wut und schaffen es nicht, tiefer zu blicken. Der Herr da drüben auf der Bank, hat heute mit meiner Hilfe einen famosen Schritt gemacht. Er hat verstanden, wie traurig er eigentlich ist. Deshalb kam unsere gemeinsame Bekannte, die Traurigkeit, dazu. Für ihn ist das eine große Entwicklung, denn er war ein unbändig wütendes Exemplar, das es zuvor nie geschafft hat zu prüfen, was unter seiner Wut versteckt liegt. Das war der Grund, aus dem ich heute sogar in meiner manifestierten Form mit ihm unterwegs gewesen bin."

Ich sann darüber nach, ob ich jemals wahrhaftig wütend gewesen war oder ob Susan es je gewesen war, und war verblüfft. Jede Situation, die ich mit Wut in Verbindung brachte, enthielt in der Tat auch ein anderes Gefühl, das darunter lag.

„Kannst du mir verraten, warum du über all diesen Gefühlen und Regungen, die in Wahrheit da sind, drüber liegst?", hakte ich nach.

„Uuuuh, Mäuschen, eine *Warum-Frage*? Und das, wo du eine Seele bist? Das hätte ich nicht erwartet. Na, an dieser Stelle ist sie erfreulicherweise recht simpel zu beantworten: Wenn Menschen keine Idee zum Umgang mit dem ursprünglichen Gefühl haben, dann lege ich mich bereitwillig oben drüber. So bleiben sie handlungsfähig und sollten eigentlich verstehen, dass da etwas in ihnen ist, das ihre Zuwendung benötigt. Wenn mit einem Gefühl nicht umgegangen wird, wird es dringlicher, und ich als Wut versuche laut und deutlich, darauf hinzuweisen: Dort ist eine Regung, die behandelt werden möchte."

Das *Mäuschen* machte mich sauer. Ebendieses Gefühl, im Gespräch mit der Wut zu bekommen, empfand ich als irgendwie ironisch, trotzdem konnte ich nicht anders, als zu blaffen: „Ich heiße Robin, nicht Mäuschen, nicht Liebe, nicht sonst wie. Wieso überhaupt Liebe und nicht Lieber? Woher willst du wissen, dass ich weiblich bin?"

„Oho, hört, hört, das Mäuschen piepst", grölte die Wut und lachte schallend. „Ist es dir noch nie passiert, dass dich jemand mit der weiblichen Form angesprochen hat? Als Seele bist du weder männlich noch weiblich. Dein letzter Körper hingegen war der einer Frau und deine Stimme klingt hell, deshalb habe ich eine weibliche Assoziation zu dir. Ich kann dich auch Bubi, Hänschen oder von mir aus Löwenbaby nennen, wenn du das lieber magst. Letzteres wäre total geschlechtsneutral."

Die Diskussion nervte mich, ließ mich in einen angesäuerten Modus verfallen und machte mich wütend. Kein Wunder, das war ja auch die Funktion meines Gegenübers. Glasklar sah ich durchaus auch meine Angst, nicht gesehen zu werden, wie ich wirklich war, die sich unter meiner Wut abzeichnete.

Diese Erkenntnis ließ mich ruhiger werden. Ich wollte mich dieser Angst später zuwenden. Gegenwärtig war es mir wichtiger, noch eine dringende Frage zu stellen: „Wer war das Mädchen im blauen Kleid eben, in deren Gestalt zu geschlüpft bist?"

Die Wut schob sich mit leisen, seltsamen Schmatzgeräuschen hin und her auf dem Brunnenrand. Einige kleine Steinchen klebten an ihr und wurden eins mit dem klumpigen Wesen.

„Das ist die Form, die ich am häufigsten zusätzlich annehme. Die kleine Dame ist die Hilflosigkeit. Sie sieht liebenswert und zerbrechlich aus, aber sie ist ein waschechter Knüppel, glaub mir."

„Das kann ich mir vorstellen", meinte ich. „Sich hilflos zu fühlen, war für mich als Mensch ziemlich schwierig. Ich war neulich in einem

Kriegsgebiet und habe dort die Angst getroffen, dabei hätte ich eher dich dort erwartet. Wie stehst du so zum Krieg?"

„Wow, Löwenbaby, die Frage hat Potenzial", grummelte die Wut. „Ich denke, wenn Wesen mich sehen und nicht hinter mich blicken, also nicht verstehen, was ursächlich unter mir liegt, dann nehmen sie Krieg als Ausweg, um mich zu befriedigen. Das gleiche gilt, wenn sie zwar verstehen, welche tieferen Bedürfnisse und welche Gefühle hinter mir stecken, allerdings nicht glauben, damit verstanden werden zu können. Dann ist Krieg die einzig logische Lösung für sie. Ich hab also höchstens indirekt was mit der ganzen Metzelei der letzten Jahrhunderte zu tun. Ich bin ja nur das, was oben drauf sichtbar wird. Die Macht, die Menschen dazu zu bringen, näher hinzublicken, habe ich leider nicht. Ich bin hilfreich als Alarmsignal, um offenkundig zu zeigen: Da ist etwas, das Aufmerksamkeit erfordert. Wenn jedoch ausschließlich aus mir heraus gehandelt wird, entsteht äußerst selten etwas unstrittig Hilfreiches."

„Danke", erwiderte ich, „das Gespräch war nicht einfach für mich, weil ich ständig wütend geworden bin. Hinter meiner Wut heute lag die Angst, nicht so gesehen zu werden, wie ich es brauche. Deine Erklärungen haben mir heute Klarheit geschenkt und Bewusstsein für mich selbst."

Die Wut blitzte mich mit ihren kleinen schwarzen Augen schelmisch an: „Keine Ursache, Püppchen." Der Klops grinste verwegen. „Ich hab heute noch zwei Politiker und einen Lehrer auf dem Plan, ich mach also mal weiter... Bis bald Robin, war interessant, dich zu sprechen. Hast was auf dem Kasten, kleines Seelchen, weiter so!"

Mit diesen Worten kroch er langsam auf den Weg vor dem Brunnenrand.

Ich blickte dem Klops nach und sah, wie er sich an dem Herrn im Tweedanzug, der beharrlich mit der Traurigkeit zugange war, vorbeischob. Dann verwandelte er sich in die Hilflosigkeit und steuerte im Hopserlauf zurück auf die Fußgängerzone zu.

Es war später Nachmittag und ich beschloss, das Geschehene zu verarbeiten und einen abendlichen Rundflug zu machen, bevor ich zu Birte zurückkehrte.

Kapitel 12: Kuchen und so

Nach einem ausschweifenden Flug glitt ich am Abend zurück in die Wohnung. Die Stimmung draußen hatte ich über alle Maßen genossen. Es war einer dieser ersten lauen Frühsommerabende, die ich als Susan unsagbar gemocht hatte. Mir war der Duft von warmer Erde und blühenden Wiesen noch gut in Erinnerung. Auch an das fröhlich ausgeglichene Gefühl, das mich erfüllte, wenn ich erstmals bemerkt hatte, wie spät es zwischenzeitlich dunkel wurde, erinnerte ich mich gut. Damals hatte ich mir mit den länger werdenden Tagen oft erlaubt, extra Zeit für mich und für angenehme Aktivitäten zu erübrigen. Dadurch waren Entspannung und Gelassenheit beinahe automatisch gewachsen. Diese relaxte Stimmung erfüllte heute die ganze Stadt, waberte durch die Gassen mit den kleinen Cafés und Bars und sprang auf mich über wie ein Zündfunke auf ein trockenes Holzscheit an einem abendlichen Lagerfeuer.

Derart gestimmt schwebte ich durchs Küchenfenster in die Wohnung. Birte saß auf ihrem Balkon und genoss, in eine leichte Strickjacke gehüllt, ein kühles Getränk. Sie telefonierte angeregt mit einer Kollegin und verabredete sich für den kommenden Nachmittag zu einem Intervisionstreffen mit dieser und noch einem weiteren Psychologen.

Bei diesen Terminen setzten sich die Kollegen zusammen und besprachen miteinander Patientenfälle. Es wurde viel reflektiert, überlegt und Kaffee getrunken. Wenn ich es richtig verstand, bestand der Sinn dieser Meetings darin, einander zu inspirieren, Behandlungspläne zu überdenken und sich der eigenen Themen und der therapeutischen Rolle bewusst zu werden. Auch wissenschaftliche Forschungsergebnisse und Veränderungen in der Bürokratie einer Praxis wurden besprochen.

Ich liebte Intervisionen und wohnte ihnen regelmäßig freudig bei, begierig, Einzelheiten über die drei Psychologen zu erfahren. Aus diesen Besprechungen wusste ich zum Beispiel, wie schwer sich Birte tat, Diagnosen zu stellen und wie häufig sie hinterfragte, ob es sich ohne Zweifel um ein Verhalten mit Krankheitswert handelte. Vor dem Hintergrund dessen, was ein Mensch erlebt hatte, empfand sie so manche Verhaltensausprägung als eine gesunde und nachvollziehbare Reaktion. Solche Gedankengänge regten mich an, mein eigenes Verständnis von Psyche und Gesundheit zu überdenken. Was bedeutete es, gesund zu sein und wer konnte das von sich selbst behaupten? Ich hatte gelernt, dass Gesundheit und Krankheit oftmals dicht beieinander auf einem Kontinuum, wie Birte das vielfach so hübsch nannte, lagen. Trotzdem war ich nicht jedes Mal überzeugt, wenn die Kollegen einen Menschen in eine Diagnosekategorie einordneten und diskutierte, leise im Hintergrund, jeden einzelnen Fall mit. Mittlerweile konnte ich glaubhaft von mir selbst behaupten, ein echt guter Diagnostiker zu sein. Voll Vorfreude auf das anstehende Treffen am kommenden Tag hängte ich mich über Birtes Schrank und beobachtete, wie sie, nachdem sie wie jeden Abend über Dottys Urne gestrichen hatte, zu Bett ging.

Als Birtes Wecker sie mit einem modernen, jazzigen Popsong weckte, wunderte ich mich über diese Veränderung. Sie hatte die Melodie von *Ice in the Sunshine* seit ich sie kannte als Weckton verwendet, und diese Neuerung ließ mich kurz stutzig werden. Sie kannte den Song aus einer Bar, die sie neulich mit einem, wie ich fand, dubiosen Typen besucht hatte, und hörte ihn seitdem hoch und runter.

Gegenwärtig mochte ich jedoch nicht über Birtes gewandelten Musikgeschmack nachdenken oder über die Leute, die sie traf. Ich fühlte mich schon seit Stunden kribbelig. Als Susan hätte ich Hummeln im Hintern gehabt, als Robin hatte ich Hummeln, denn ich hatte ja keinen Hintern ... Bedauerlicherweise, denn als Susan hatte ich meinen Po durchaus geschätzt. Der Tatendrang in mir war überdimensional und ich wirbelte durchs Wohnzimmer, versuchte, Staubkörner aufzufangen und beobachtete im nächsten Moment, wie sie in der Sonne tanzten.

Es versprach ein strahlender Sommertag zu werden und ich beschloss, die Konditorei zwei Straßen weiter zu besuchen, bevor das Intervisionstreffen begann. Während Birte sich aufmachte, um die Patienten des Tages zu sehen, surrte ich wie ein Pfeil hinaus, um die Tortenkreationen der Saison zu bewundern.

Wenn Birte die Wohnung verließ, stutze sie noch immer jedes Mal und ich wusste, sie erlebte den spontanen Impuls, Dotty zu verabschieden oder zum Mitkommen fertigzumachen. Dieses geringfügige Zögern versetzte mir einen ziehenden Stich, wenn ich es sah, und ließ mich dann innig und sanftmütig an die alte vierbeinige Freundin zurückdenken. Mittlerweile war meine Trauer über ihren Tod zu einer unermesslichen Dankbarkeit ihr gegenüber geworden und ich bewunderte mal wieder, wie sich Gefühle wandelten und veränderten, wenn man sie zuließ.

Die besagte Konditorei war eines meiner liebsten städtischen Geschäfte. Sie hatte vor nicht allzu langer Zeit ihre Tore geöffnet und war spezialisiert auf Motivtorten. Ein junger Konditor hatte sich mit ihrer Eröffnung einen Traum erfüllt und verbrachte seitdem seinen Alltag damit, andächtig und kreativ die leckersten Torten auch noch wundervoll aussehen zu lassen. Um ehrlich zu sein, waren sie sogar so hübsch, dass ich überzeugt von ihrem einzigartigen Geschmack war, ohne diesen je erlebt zu haben. Darüber war ich selten trauriger, als wenn ich über der Tortentheke hing. Dennoch bereiteten mir der Anblick und die Herstellung der Leckereien Zufriedenheit und Wohlbehagen.

Heute war ich verblüfft, da neben einer zauberhaften Einhorntorte, die das Fabelwesen als Cartoonfigur mit glitzernder Mähne darstellte, eine Kuchenspeise stand, die aussah, wie eine Torte eben aussah. Etwas derart Unspektakuläres hatte ich in dieser Konditorei noch nie gesehen. Drei Lagen Biskuitböden mit Fruchtfüllung, Sahne drum herum, Schokostreusel, Sahnetupfen drauf und sonst nichts. Sie war rund, keine spezielle Form, kein Motiv, prunklos und unscheinbar. Enttäuscht umschwebte ich die Kreation und begutachtete sie eingehend. Trotzdem konnte ich beim besten Willen nicht die sonst außergewöhnliche und manchmal etwas verrückte Handschrift des jungen Konditors auf ihr erblicken.

Gespannt wartete ich darauf, wer sie wohl abholen würde. Während ich ausharrte, verfolgte ich, wie der Eigentümer des Ladens sich an die Erschaffung eines genialen Kunstwerkes machte. Die Vorlage stellte ein alter VW-Bus des Typs T2 dar, der als Kuchen sein schokoladiges Abbild finden sollte. Die Augen des Konditors leuchteten und ich fühlte, wie hellauf er sein Handwerk und auch das Motiv liebte. Er selbst fuhr eine moderne Version des Busses, daher schien er diesmal sogar noch etwas glühender in seiner Arbeit aufzugehen.

Die Ladenglocke läutete klimpernd und die Person, die eintrat, löste in mir Wärme und Glücksgefühle aus. Frau Warsa stand vor der Ladentheke, betrachtete mit ihren hellgrauen, strahlenden Augen die

Tortenkreationen und die ausgestellten Cupcakes und erfüllte den Laden mit ihrer angenehm vitalisierenden Energie.

Als der Ladenbesitzer aus dem hinteren Teil der Konditorei hervortrat, zeichnete sich ein strahlendes Lächeln auf seinem Gesicht ab. Er war eine schlanke Person mit dunklen, braunen Augen, die vor Lebendigkeit, Herzlichkeit und Wärme leuchteten. Sein jungenhaftes Lachen unterstrich diese Charaktereigenschaften. Er trat vor die Theke und begrüßte Frau Warsa mit einer langen Umarmung.

„Wie schön, dich zurück in unseren Breitengraden zu wissen", rief er. „Deine Bestellung wartet auch schon auf dich."

Zu meiner Verwunderung deutete er auf die runde unspektakuläre Torte. Hätte man mich vorher gefragt, hätte ich insbesondere bei Frau Warsa niemals darauf getippt, sie würde etwas so Herkömmliches bestellen.

Sie antwortete: „Es freut mich, dich wiederzusehen, Soki. Mensch, die Torte ist ja herrlich geworden, genau wie ich sie mir vorgestellt habe. Und dieser Laden ... Er atmet deine Leidenschaft. Selbst wenn ich nicht gewusst hätte, wer ihn führt, hätte ich es erraten können. Machst du noch Fotos nebenbei?"

Verschmitzt grinste der junge Konditor: „Danke, die Wertschätzung geht runter wie Öl. Ich habe das Modeln mit diesem Winter endgültig hinter mir gelassen. Es war für eine lange Zeit eine Tätigkeit, die ich sehr mochte, aber jetzt darf etwas Neues kommen. Du, ganz ehrlich, würdest du mir verraten, wieso du so eine Bestellung gemacht hast? Ich hätte dir eine Torte in Form einer deiner geliebten Bienenstöcke machen können oder wenigstens eine mehrstöckige. Als ich diese Kreation angefertigt habe, habe ich mich unaufhörlich gefragt, was hinter deiner Wahl stecken könnte. Sie war so, verzeih mir meine Offenheit, simpel."

Ich hatte derweil einen kleinen Aha-Moment, als mir klar wurde, den jungen Konditor einst als Fotografin abgelichtet zu haben. Soki war damals ein beliebtes Model für *Outdoor-Shootings* gewesen und ich hatte ihn an diversen Sets, vorwiegend in Funktionsklamotten, fotografiert.

Vorübergehend schwelgte ich in einer meiner Erinnerungen an ein derartiges Shooting. Damals waren wir zu einer Wanderung im felsigen, bewaldeten Osten des Landes aufgebrochen. Wir waren mit etwa zehn Modellen und Fotografen sowie einem Team der Outdoor-Firma unterwegs gewesen, die uns beauftragt hatte. Es war eine schöne Erfahrung, an die ich freudig zurückdachte. Soki war die Kurzform von Sokrates und eben dieser hatte uns als eines von drei männlichen Models begleitet. Auf der Wanderung war eine Kollegin von mir schmerzhaft umgeknickt und Soki hatte sich freundlich um sie gekümmert. Diese Fürsorge hatte mich damals tierisch berührt.

Verwirrt kam ich in die Realität zurück und hatte den Hauch einer Sekunde den Eindruck, die Gerüche des Ladens wahrzunehmen. Es roch nach frisch gebackenen Kuchenböden und Vanillearoma. Doch die Wahrnehmung war so schnell verflogen, wie sie gekommen war.

„Eine Geruchserinnerung", dachte ich bei mir, „so was habe ich noch nie gehabt." Umgehend bedauerte ich, nicht fähig gewesen zu sein, diesen Eindruck festzuhalten.

Zurück in der Gegenwart stellte ich fest, die Hälfte von Frau Warsas Erklärung verpasst zu haben, bekam aber zum Glück ihren letzten Satz mit: „Die Torte ist präzise auf das reduziert, was ich gerne esse. Nicht mehr und nicht weniger. Sie zeigt das Wesentliche."

Im Gespräch mit Soki entstand eine minimale Pause. Dann antwortete er: „Weißt du, mir hat es etwas gebracht, deine Torte anzufertigen. Seit ich diesen Laden betreibe, bin ich mit den ungewöhnlichsten Motiven konfrontiert worden und ich liebe das. Als ich noch studiert habe, und auch später bei meiner Arbeit im Fitnessstudio, kam für mich an jedem Sonntag der Punkt, an dem er aufhörte, sich wie ein Sonntag anzufühlen. Es war der Punkt, an dem mir der folgende Montag bewusst wurde, und alle Ängste, Sorgen und Pflichten, die damit verbunden waren. Seit ich tue, was in mir ist, was sich zu meinem Sein passend anfühlt, gibt es dieses Gefühl nur noch vereinzelt, wenn überhaupt. Gleichzeitig war es mir eine so große Freude eine 08/15-Torte zu erschaffen, weil es mir ins Bewusstsein gerufen hat, wie besonders meine anderen Werkstücke sind. Ohne das Unspektakuläre gibt es nicht das Spektakuläre und diese Erkenntnis hat deine Torte dann wieder spektakulär für mich gemacht."

Frau Warsa strahlte und erwiderte: „Was für ein schönes Fazit für eine Torte. Ist es nicht witzig, wie wir manchmal in Alltagsgegenständen Inspiration für Tieferes finden können? Jetzt aber her mit dem guten Stück! Ich treffe mich heute zum Kaffee mit drei alten Freundinnen und wir werden dein Werk gebührend feiern, indem wir es vernichten. Ich komme bald noch mal vorbei und würde mich auch über einen Besuch von dir bei mir auf dem Land freuen."

Soki verpackte die Torte in eine Schachtel und überreichte sie der Frau, deren Wiederkehr aus den nördlicheren Gefilden auch mich außerordentlich freute.

Beschwingt machte ich mich auf in Richtung Birtes Praxis, wo heute das Intervisionstreffen stattfinden sollte. So segelte ich über den Feierabendverkehr hinweg.

„Schade", dachte ich bei mir, „ich hätte mit Vergnügen einen Kuchen zur Intervision mitgebracht."

Kapitel 13: Die emotionale Komfortzone

Feierabendverkehr erlebte ich als Robin stets als ein gelungenes Spektakel. Die vielen intensiven Gefühle, die verschiedene Autofahrer hinter dem Lenkrad durchlebten, faszinierten mich. Von Stress, Wut, Frustration über Langweile und Angst bis hin zur Vorfreude war alles dabei.

Ich glitt freimütig über die sich drängenden Wagen, hörte das Schimpfen ihrer Insassen und belauschte die sich entfaltenden Gespräche im Inneren der Autos. Es fühlte sich ein wenig wie ein Volksfest an, bedauerlicherweise ohne die Zuckerwatte und das Karussell. Ich beobachtete vier Studierende in einer Fahrgemeinschaft, die angeregt und angstvoll über die aktuellen Kriegsereignisse im Osten sprachen und schmunzelte über einen langhaarigen Herrn, der aus vollem Halse den Song einer Rockband mitsang.

Mit einem Mal wurde mir bewusst, wie viele Menschen es auf dieser Welt gab, und jeder einzelne hatte seine eigene, berührende und fesselnde Geschichte. Die Erkenntnis übermannte mich jedes Mal aufs Neue, wenn ich eine große Menschenmenge sah oder ein Hochhaus mit vielen Wohnparteien. Auch im Feierabendverkehr erkannte ich die individuellen Einzelschicksale. Es machte mich traurig festzustellen, wie rar das Wissen der Menschen voneinander war. Oftmals sahen sie ausnahmslos ihre eigene Geschichte, ohne ein Gespür dafür, dass es bloß einige Meter neben ihnen ein anderes, faszinierendes Leben gab.

Ich wusste, wie häufig ich mich als Susan alleine gefühlt hatte und erkannte als Robin, wie selten ich es, von außen betrachtet, gewesen war. Nur eine halbe Stunde im Feierabendverkehr einer mittelgroßen Stadt enthüllte vor mir hunderte Schicksale in ihrer üppig prächtigen Fülle.

Als ich an einem kleineren Bach in die Einbahnstraße einbog, in der sich Birtes Praxis befand, wurde es schließlich ruhiger. Der schmale Strom schlängelte sich durch die ganze Stadt und mit ihm ein kleiner grüner Gürtel aus niedrigen Bäumen und Büschen, die an seinem Ufer wuchsen. Die Bewohner der Häuser umher hatten ihn nicht unter Asphalt begraben, sondern genossen sein fröhliches Plätschern.

Auch bei der Auswahl ihrer Praxisräume hatte Birtes Vorliebe für Altbauten gesiegt. Sie hatte die Erdgeschosswohnung eines Gebäudes, welches um die Jahrhundertwende herum erbaut worden war, zur Praxis umfunktioniert. Man betrat das Haus über einen Flur mit einem Mosaikboden, um über alte, lackierte Holztüren Zugang zu den Behandlungsräumen zu erhalten. Ein getipptes Infoblatt forderte die Eintretenden auf, im Wartebereich Platz zu nehmen, denn eine Sprech-stundenhilfe gab es nicht. Im Wartezimmer war eine kleine Teeküche aufgebaut und drei bequeme Sessel standen in angenehmem Abstand zueinander um einen Tisch mit Zeitschriften. Die Zeitungen waren dabei nach Themen sortiert, die Birte für schön oder wichtig hielt, und nicht nach Aktualität. So fand sich auf dem Stapel eine bunte Mischung aus Zeitschriften, Broschüren und Informationsblättern mit topaktuellem Druckdatum und vielen, die schon einige Monate alt waren. Zusätzlich zu dem Wartebereich gab es den Behandlungsraum und ein kleines Büro, in dem Birte ihren Computer und den schweren, abschließbaren Aktenschrank aufgestellt hatte. Während das Büro eher kühl und zweckmäßig wirkte, entsprach die Einrichtung des Behand-lungsraumes uneingeschränkt meinem Geschmack. Erneut kam der ähnliche Einrichtungsstil, den Birte mit mir teilte, zum Tragen. Schlicht und trotzdem gemütlich hatte meine Mitbewohnerin Sitzmöbel, Tisch, Lampen und Pflanzen kombiniert und ihre Literatur füllte ein wohlsortiertes Regal an der Längsseite des Raumes. Auf der Fensterbank lagen bunte Steine verteilt. Sie dienten zum einen der Dekoration, fungierten aber auch als Abschiedsgeschenke für jeden Patienten. Zum Abschlussgespräch erhielt jeder, der eine Therapie bei Birte beendete, einen Stein als Erinnerung. Er sollte die Menschen wie ein Anker an ihre Fortschritte und Erkenntnisse erinnern, wenn er ihnen im Alltag nach der Therapie in die Hände fiel. Birte liebte es, vor diesen Gesprächen einen Stein auszuwählen, der in ihren Augen farblich gut zu der jeweiligen Person passte und feierte ihr kleines Abschiedsritual insgeheim für sich.

Birtes Kollegin und Kollege waren zeitig eingetroffen, der Kaffee war gekocht und die drei saßen zusammen im Behandlungsraum. Durch die, einen Spalt breit geöffneten, Fenster drang die frühabendliche Stimmung der Stadt in die Praxis. Das Gespräch war in vollem Gange und Birte war leidenschaftlich in ihrem Element. Möglicherweise hatte ich zu ausgiebig gebummelt in der Konditorei und bei meinem Flug durch die Straßen der Stadt. Allerdings hatte ich auch nicht damit gerechnet, alle drei Psychologen einmal pünktlich anzutreffen. Es war eine Seltenheit, die ich noch nie erlebt hatte.

Ich bemerkte schnell, dass es heute nicht um einen spezifischen Patientenfall ging. Birtes Kollegin Lara, mit der sie bereits das Studium und die Weiterbildung zur Verhaltenstherapeutin durchgestanden hatte, brachte ein eigenes Thema ein. Sie sprach von ihrem Gefühl, sich als Therapeutin nicht gut genug zu fühlen. Ihre Fragen an ihre Patienten empfand sie als zu herkömmlich und ihren roten Faden in Therapien als zu unregelmäßig.

„Ich müsste viel mehr tun", berichtete sie vorwurfsvoll und wirkte vollends gefangen in der Vorstellung, nicht auszureichen. „Manchmal", führte sie aus, „fühle ich mich wie eine Hochstaplerin. So, als ob ich gar nicht wüsste, was ich da tue. Neulich habe ich mit einer Patientin eine ihrer traumatischen Erfahrungen besprochen. Sie hat viel erzählt und ich habe lediglich zugehört. Am Ende meinte sie, die Sitzung hätte ihr so gutgetan wie keine andere zuvor, dabei habe ich annähernd nichts gemacht. Ich habe ihr nicht einmal eine Hausaufgabe mitgegeben, kein Arbeitsblatt, kein Erklärungsmodell, nichts. Ich mache mir Vorwürfe, denn ich glaube, auf die Schilderung einer derart schwerwiegenden Situation hätte viel mehr folgen müssen von mir."

Auf mich wirkte sie aufrichtig verzweifelt im Hinblick auf ihre Überzeugung, ihre Therapien müssten besser, straffer oder toller strukturiert sein. Die Idee, nicht auszureichen, kannte ich von mir als Susan. Als diese hatte ich in vielen Belangen geglaubt, nicht zu genügen. Ich hatte einige unschöne Urteile über mich selbst gehabt, ohne diese bewusst wahrzunehmen. Heute erst begriff ich, wie furchtbar ungerecht ich mich damit damals behandelt hatte.

Birte und Johann, der dritte Kollege im Bunde, hörten erst mal aufmerksam zu. Dann fassten beide zusammen, was sie von Lara gehört hatten. Sie fühlten sich in ihre emotionale Lage und ihre Bedürfnisse ein und gaben diese Lara wider wie ein Spiegel. Auch fragten sie dabei ab, welche Gefühle und Bedürfnisse vorherrschten.

Birte erkundigte sich zum Beispiel: „Ist es dir da wichtig, kompetent zu sein, und fühlst du dich unter Druck?"

Johann versuchte ebenfalls empathisch zu hören, was Lara gesagt hatte und fragte: „Zweifelst du an dir und willst für das Geld, das du für eine Sitzung erhältst, auch eine angemessene Gegenleistung erbringen?"

Auf diese Weise arbeiteten die beiden zunehmend Laras Bedürfnisebene heraus, die langsam ungetrübter zum Vorschein kommen konnte. Es fielen Bedürfnisvorschläge wie Effizienz und Leichtigkeit und Gefühlsideen wie Hilflosigkeit.

Ich war immer wieder verblüfft darüber, in dieser ersten Phase keinen Verbesserungsvorschlag, keinen gut gemeinten Rat und keine Anregung zu hören, obwohl mir die Art, wie die drei Kollegen miteinander sprachen, mittlerweile geläufiger war. Wenn sich einer aus der Gruppe mit seinen eigenen Belangen zeigen wollte, so ging es anfangs nie darum, ihn zu korrigieren. Es war, als ob die Gruppe eine Verbindung zu der Gefühls- und Bedürfniswelt des Sprechers aufbaute, bis diesen schließlich alle verstanden und sich in ihn einfühlen konnten. Dann geschah etwas Seltsames, zumindest für meine Begriffe: Ohne dass etwas Konkretes gesagt oder getan worden war, löste sich emotional etwas im Sprecher, so wie wenn ein Knoten an Spannung verlor und sich langsam lockerte. Spannenderweise passierte dies mit einer nahezu hundertprozentigen Wahrscheinlichkeit. So auch heute.

Lara atmete befreit durch, nachdem ihr Thema gehört worden war, und entspannte sich sichtlich. Dann kicherte sie und meinte: „Das war mal wieder das beste Beispiel dafür, wie oft es reichen kann, da zu sein und zuzuhören. Ich bin dermaßen erleichtert!"

Birte und auch Johann lächelten. Beide wussten um die brillanten Leistungen, die Lara als Psychologin erbrachte. Diese Wertschätzung würde später auch noch in das Gespräch einfließen, doch erst einmal war das Zuhören wichtiger gewesen.

Nun setzte Johann an: „Ich bemerke gerade, wie ich im Gespräch angespannter wurde, und fühle mich unsicher, fast ein wenig frustriert. Ist es ok, wenn wir später noch mal auf das schauen, was bei mir aktiviert wurde, wenn wir mit dem Thema fertig sind?"

Die Kolleginnen nickten, kamen aber vorerst zurück zu Lara, um ihre Inhalte vollständig zu betrachten. Sie nahmen sich Zeit, um in Ruhe an der Thematik dranzubleiben, bis Lara das Gefühl bekam, komplett gehört worden zu sein, und einen Plan geschmiedet hatte, um mit ihrer Selbstkritik umzugehen. Nach etwa einer halben Stunde gab die Gruppe Johann das *Go*, seine Themen einzubringen.

Er platzte regelrecht hinaus: „Dein Bericht, Lara, hat mich daran erinnert, wie gut ich etwas sehr Ähnliches von mir selbst kenne: Egal, ob es um Therapie geht, um Sport oder um Beziehungsführung. Ich versuche etwas und wenn es nicht sofort funktioniert, würde ich es am liebsten wieder hinschmeißen. Statt mir Raum zum Üben zuzugestehen, bin ich sauer auf mich selbst. In meiner Beziehung, zum Beispiel, gehts immerzu um Autonomie und Selbstständigkeit. Man könnte meinen, ein Therapeut, der sich über Jahre mit Bindung beschäftigt, könnte besser mit einem solchen Thema umgehen. Von wegen! Pustekuchen! Kaum sehe ich meine Autonomie bedroht, spüre ich in mir den Impuls, wegzulaufen. Ich habe das Gefühl, etwas von mir aufgeben zu müssen, wenn ich in der Beziehung bleiben möchte, quasi einen Teil von mir zurückstellen zu müssen. Wenn dieses Gefühl da ist, ist es, als wäre eine Art Fluchtreflex aktiviert und tatsächlich habe ich an der Stelle schon einige Beziehungen beendet. Das nervt mich so hart, das glaub ihr gar nicht. Statt dies als einen Punkt zu erkennen, an dem ich üben kann, ich selbst zu sein und zusätzlich in der Bindung zu bleiben, also auch in Beziehung meine Bedürfnisse zu kommunizieren, hau ich ab. Es wäre der Punkt, an dem ich mein altes Muster für mich erkennen könnte und damit die Gelegenheit hätte, neue Erfahrungen zu machen. Ich weiß, beide Partner dürfen in einer Beziehung alles haben, was sie brauchen. Trotzdem fällt es mir schwer, dieses Wissen in die Tat umzusetzen. Ich ziehe mich lieber zurück.

Das gleiche Prinzip läuft ab, wenn ich eine Tätigkeit ausprobiere. Neulich war ich Stand-up-Paddeln und bin als einziger unserer Gruppe zweimal ins Wasser gefallen. Ich stell mich nie mehr auf so ein Ding, sag ich euch. Es war mir peinlich, es nicht wie die anderen auf Anhieb zu können. Ist das nicht schräg? Stellt euch mal vor, Kinder würden bereits so leben. Denkt euch einmal, ein Kind würde sagen: ‚Ich kann nicht gut sprechen, das lass ich lieber‘, oder ‚Ach, laufen klappt nicht so richtig, ich hör lieber auf damit.‘ Wir würden alle früh in unserer Entwicklung stecken bleiben und wahrscheinlich ewig mit Fläschchen und Windel herumlaufen. Wann erreichen wir Menschen bloß diesen Punkt, an dem wir aufgeben? Diesen Punkt, an dem wir etwas, das wir nicht gut können, unterlassen, statt es zu lernen? Wo setzt der Glaube an, nur mit etwas beginnen zu dürfen, wenn man es gut kann? Ich wünsche mir so dolle für mich, mir selbst berfreiteres Üben einzugestehen.“

Birte und Lara lauschten den Worten ihres Kollegen, ich entfernte mich langsam von dem Gespräch und hängte mich über die Sessel im Wartezimmer, um meinen eigenen Gedanken zuzuhören. Ich kannte die Ansätze, welche die drei Kollegen erarbeiten würden und die Herleitung von Johanns Muster aus seiner Kindheit. Auch wusste ich um die Theorien des Selbstmitgefühls und die Technik der Achtsamkeit, wie keine andere. Zeitgleich wurde mir bewusst, wie wichtig es auch für Johann war, in seinem Schmerz Gehör zu finden. Das war die eigentliche Magie der Intervision, wie ich fand.

Als Susan hatte ich die Idee, nicht gut genug, beziehungsweise unzulänglich, zu sein, gekannt und diese von vielen Menschen in meinem Umfeld ebenso gehört. Seien es virtuose Fotographen, die ihre Technik hinterfragten, Autoren, die fanden, ihre frisch niedergeschriebene Geschichte müsste viel spannender sein oder zauberhaft aussehende Models, die ihren Allerwertesten nicht mochten. Mit meinem

Seelendasein wurde die selbstkritische Haltung seltener, da ich generell weniger Urteile fällte, sowohl über mich, als auch über mein Umfeld. Trotzdem war auch ich nicht völlig gefeit davor.

Nach Dottys Tod hatte ich eine Art Eingebung gehabt: Wenn wir irgendwann einmal alle sowieso in die große Energie zurückkehren würden, in welche die Regenbogenseele geflossen war, ergab es keinen Sinn, uns mit anderen zu vergleichen und in diesem Vergleich uns selbst als nicht ausreichend zu betrachten. In uns allen war die gleiche Energie, nur in verschiedenen kleinen Hüllen ausgedrückt, die wir Körper nannten. Das würde unter dem Strich bedeuten, dass wir alle eins wären, wenn man die äußere Verpackung wegließe. Ich überlegte weiter, dass diese äußeren Ausdrucksformen eventuell die waren, die es wahrhaft brauchte.

Ich war selig mit meiner Erkenntnis und stolz auf meine Schlussfolgerung. Diese *Seelenerklärung*, die ich als Robin als so sinnvoll empfand, wäre mir als Susan denkbar fremd gewesen. Ich hätte damit nichts anfangen können und dem spirituellen Geblubber rundweg keine Beachtung geschenkt. Die Erklärung der Psychologen hätte ich schöner und passender gefunden.

Birte nutzte, wenn sie mit ihren Patienten über Selbstwert sprach, regelmäßig das Bild des inneren Kritikers, das auch mir geläufig war. Dieses *Nicht-gut-genug-Männchen*, das uns pedantisch anmeckerte und antrieb, sah sie als einen inneren Anteil, der in vielen Fällen früh geprägt worden war und der es im Grunde gut mit uns meinte. Sie lud ihre Gesprächspartner dazu ein, diesen Kritiker wohlwollend zu behandeln, ihn zu begrüßen und ihm zu vermitteln: „Hey, lieber innerer Kritiker, ich weiß, du meinst es gut mit mir. In meiner Vergangenheit warst du mitunter nötig und hast mir sogar das ein oder andere Mal den Hintern gerettet. Heute kannst du dich allerdings zurücklehnen, denn jetzt brauche ich dich nicht.“

Diese freundliche Herangehensweise und diese Zuwendung zu einem Anteil, den viele ihrer Patienten sonst eher wegdrängen und aussperren wollten, half Birtes Klientel. Es gelang ihnen so besser, sich als gesamte Person, auch mit diesem etwas schrägen inneren Anteil, zu akzeptieren. Birte erklärte auch, dass sich der Kritiker meist in der Kindheit entwickelte, wenn unsere eigene Leistung bewertet wurde. Als Mensch hatte ich keine einzige Bekanntschaft gehabt, die nicht Worte wie: „Zuerst die Arbeit, dann das Vergnügen", „Müßiggang ist aller Laster Anfang", oder „Erst wenn ich Leistung erbringe, bin ich gut und darf mich ausruhen", verinnerlicht hatte. Heute, als Seele, war es nebensächlich geworden, Leistung zu erbringen. Viel wichtiger war, meine innere Stimme zu hören und ihr achtsam zuzuhören.

Wenn ich so darüber nachdachte, kam mir der Gedanke, in einem seltsamen Zwischenstadium zu sein. Ich war keine getrennte Energie, in einem Körper verpackt. Gleichzeitig war ich auch noch nicht zurückgeflossen in die große Energie, wie die anderen frisch gestorbenen Seelen, die ich beobachtet hatte. Ich beschloss, diese Erkenntnis in mir zu bewahren und meinen Zustand liebevoll zu akzeptieren, als den Zustand, der genau passend war.

Ich dehnte mich aus und spürte in mir die spontane Eingebung, mich mit der Szenerie im Krankenhaus, an die ich mich nach dem Betrachten von Dottys Urne zurückversetzt gefühlt hatte, auseinanderzusetzen. Diese Idee ließ mich in der nächsten Sekunde zusammenfahren, als hätte ich einen Stromstoß erhalten. Mein Bewusstsein wehrte sich plötzlich mit Händen und Füßen dagegen, an diese Situation zurückzudenken. Ich kämpfte innerlich mit mir selbst. Ein Teil wollte die aufkeimende Erinnerung betasten und erkunden, ein anderer Teil wollte diesen Schrecken um keinen Preis nochmals durchleben müssen. Letztlich siegte die Überzeugung, so weit aus meiner emotionalen Komfortzone nicht heraus zu können. Kurzerhand verbot ich mir daher, auch nur in die gedankliche Nähe einer Klinik zu kommen, und begann zur Ablenkung damit, die Teebeutel in den Pappschächtelchen der Teeküche zu zählen. Es gab noch zehn Beutelchen Weihnachtstee, drei mit Entspannungsmischung, fünf mit Pfefferminzgeschmack ...

Schließlich erhob ich mich, als die drei Kollegen ihren Termin für heute beendeten. Trotz meines Ablenkungsversuchs war ich aufgewühlt und geladen. Als ich den Wartebereich verließ, rauschte ich zu schwungvoll über den Tisch und fegte aus Versehen alle ausliegenden Magazine herunter, was die drei Psychologen, die bereits an der Praxistür standen, außerordentlich erschreckte.

Wütend auf mich selbst, auch noch diesen lieben Personen einen Adrenalinschub verpasst zu haben, sauste ich aus der Praxis in den warmen Sommerabend. Ich glitt durch die Stadt und zum Fluss hinüber, kauerte mich unter den mittleren Pfeiler einer alten Marmorbrücke und schimpfte vor mich hin. Vor allem meckerte ich darüber, doch sauer auf mich geworden zu sein. Hatte ich vorhin noch geglaubt, als Seele viel weniger dem inneren Kritiker ausgeliefert zu sein, erlebte ich nun seine volle Breitseite.

Es war eine echte Enttäuschung. Mit meiner Annahme, von harten Selbsturteilen selten betroffen zu sein, hatte ich mich getäuscht, diese Täuschung zersprang just in ihre Einzelteile.

Nach etwa einer Stunde wurde ich ruhiger, und ich begann zu mir zu kommen. Überrascht wurde mir erst jetzt klar, welche Textur der Stein der Brücke hatte. Mich irritierte, dies nicht früher bemerkt zu haben. Seine beruhigende Härte, seine Wölbungen und abgerundeten Kanten hatte ich gar nicht wahrgenommen, obwohl Texturwahrnehmung etwas war, das ich als Robin von Anfang an gut beherrscht hatte. „Ich kann anscheinend nicht alleinig das Unangenehme verdrängen", dachte ich bei mir. „Wer verdrängt, trübt seinen Blick für alles, auch für das Schöne."

Kapitel 14: Sieben Schlangen

In Birtes Wartezimmer hatte ich den unverkennbaren Impuls erlebt, mich einer Szene aus meiner Vergangenheit zuzuwenden. Da diese für mich enormen Schrecken beinhaltete, hatte ich meine intuitive Eingebung heftig abgewehrt. Dieser Umgang mit meiner inneren Stimme schmerzte mich. Außerdem hatte er unbestreitbar dazu geführt, dass ich meine Umgebung unwillkürlich unbewusster wahrgenommen hatte. Einerseits verstand ich meine Abwehrreaktion, wollte sie mich sicherlich vor einer krassen Erinnerung bewahren. Andererseits wollte ich nicht unbewusst und leer durch diese Welt schweben.

Ich horchte auf das strömende Plätschern des Wassers und sah, wie ein Fisch in der späten Dämmerung aus dem Wasser sprang, um mit einer erbeuteten Fliege im Maul unterzutauchen. Es gefiel mir, den Geräuschen des Flusses andächtig zu lauschen, und die bewusste Wahrnehmung meiner Umgebung ließ mich alles schärfer erkennen.

Dies führte mich zu der Vermutung, Sinneseindrücke ungetrübter erfahren zu können, wenn ich in meiner Akzeptanz und Achtsamkeit verwurzelt war. Plötzlich erschien es mir vollkommen logisch: Blockierte ich eine Emotion oder verbot ich mir ein Gefühl, dann ging mir auch eine andere Wahrnehmung verloren. Die Klarheit meiner Erkenntnis wiederum beruhigte mich und stimmte mich zuversichtlich. Unter der Brücke kauernd versprach ich mir selbst, gründlicher auf mich zu hören und ordentlicher hinzuhorchen, was meine Intuition mir vorgab. Vielleicht war ein Schatz darin verborgen, der inneren Stimme zu folgen, auch wenn es manchmal zuerst schwierig und schmerzhaft erschien.

So hängend schlummerte ich ein und fand mich beinahe sofort inmitten eines Traumes wieder. In diesem befand ich mich auf einem eindrucksvollen Schiff. Um von Bord zu gehen, musste ich an einer Art Quiz teilnehmen.

Dieses Quiz sollte ich an einem aufgestellten Computerterminal absolvieren. Vor dem Terminal hatte sich eine lange Schlange von Passagieren gebildet, die ebenfalls das Schiff verlassen wollten und ungeduldig warteten, an der Reihe zu sein. Die Atmosphäre war angespannt. Die Spannung wurde nicht gerade dadurch verbessert, dass mindestens jeder zweite Reisende das Quiz offensichtlich nicht bestand.

Diejenigen, die den Test erfolgreich absolvierten, verschwanden durch eine unscheinbare Tür. Die Durchgefallenen mussten sich für einen Wiederholungsversuch in einer anderen Schlange an einem zweiten Computerterminal anstellen. Dort musste, wie ich mutmaßte, ein neuer Test bestanden werden, der diesmal anders war. Wer auch diesen nicht bestand, wanderte zum nächsten Terminal.

So ging es weiter und ich sah sieben installierte Terminals mit je einer Schlange von Anstehenden, die sich vor ihnen ansammelten. Die Wartenden schienen von Schlange zu Schlange zusehends gelassener zu werden. Wo Menschen in der ersten Schlange noch drängelten und rempelten, unterhielten sich die Eingereihten der fünften Schlange angeregt und freundlich miteinander. Zusätzlich wurden die Schlangen der Reihenfolge nach kontinuierlich kürzer. Eindeutig bestanden immer mehr der Wartenden die gestellte Prüfung.

Der Mann, der vor mir in der ersten Schlange anstand, ereiferte sich hitzig: „So was können die nicht machen, die klauen mir wichtige Lebenszeit! Ein Unding, man kann ja gar nicht anders, als sich davon den Tag versauen zu lassen."

Die Frau unmittelbar vor ihm wandte sich um und sagte gestresst: „Halten sie endlich den Mund, ihr Gezeter ist ja kaum auszuhalten. Sie gehen mir so was von auf die Nerven."

„Sie gönnen einem auch gar nichts, Sie olle Schnepfe", antwortete der Mann, „ist es denn verwerflich, sich darüber zu ärgern, wenn so mit einem umgesprungen wird?"

„Nein", rief die Frau aufgebracht, „aber wir sind hier alle Opfer des Systems und müssen uns fügen. Das wird nicht besser, wenn wir lauthals herumposaunen, wie schlecht es uns damit geht. Wir können eh nichts daran ändern."

Die letzte Äußerung versetzte sogar meinem träumenden Ich einen Schlag in die Magengrube, hatte ich sie doch schon etliche Male gehört. Sie löste eine abgrundtiefe Hilflosigkeit in mir aus. Als Seele begann ich zu ahnen, wie viel weiter die eigenen Einflussmöglichkeiten reichten. Gleichzeitig fühlte ich mit denjenigen, für die dieser Einfluss nicht einmal zu erträumen war. Auch als Susan hatte ich mich zuweilen in der Opferrolle gesehen und geglaubt, mich der Ordnung der Welt fügen zu müssen.

Ich sah, wie der Mann vor mir in der Schlange nervös an das Computerterminal trat. Der Bildschirm war natürlich für die restlichen Anstehenden nicht einsehbar. In dem Moment, als der Herr die Maus in die Hand nahm und begann, die erste Frage zu studieren, entspannte sich seine Körperhaltung. Er schien interessiert die einzelnen Aufgaben zu lesen und ließ sich für jede Antwort mehr und mehr Zeit. Es wirkte, als ob er in dem Test versank, sich bis ins Letzte hineindachte. Am Ende meinte ich sogar ein sachtes Lächeln in seinen Mundwinkeln erkennen zu können. Nachdem er das Quiz beendet hatte, teilte ihm eine blecherne Roboterstimme mit, er habe nicht bestanden und dürfte sich für die nächste Runde in der zweiten Schlange anstellen. Halb erwartete ich einen Wutausbruch, wurde jedoch umgehend enttäuscht. Stattdessen lief der Mann mit verklärtem Blick an der ersten Schlange vorbei, in der er selbst eben noch ungeduldig angestanden hatte. Dann reihte er sich still und scheinbar in sich selbst versunken in die nächste Schlange ein.

Dem Anstehenden hinter mir entglitt ein bitterer Seufzer und er stöhnte: „Wir werden hier niemals rauskommen. Es ist einfach nicht zu schaffen. Wir sind alle Gefangene dieses Schiffs und werden mit ihm untergehen. Ich habe Gerüchte gehört, es laufe langsam mit Wasser voll und bekomme unaufhörlich größere Lecks. Das Schlimmste ist, wir können rein gar nichts tun und werden alle hier sterben, während wir anstehen und warten.“

Ich konnte mich nicht beherrschen und fragte neugierig: „Wieso stehen Sie denn dann eigentlich an?“

Er schaute mich verdattert an: „Weil es alle so machen. So verlangt es die Schiffsordnung von uns. So funktionieren das Leben und das System eben, ist doch klar.“ Offensichtlich angegriffen von meiner Frage fügte er hinzu: „Außerdem stehen Sie ja auch an. Sie sind übrigens dran. Also hopp hopp!“

Ein Schiffssteward, gekleidet in eine stereotype Matrosenuniform, wie sie vermutlich nur noch in einem Traum vorkam, trat zu mir. Er erklärte höflich lächelnd, der Computer müsse eine Pause machen, da er sich erschöpft fühle. Dann fügte er hinzu, man würde mir Bescheid geben, wenn es weiter gehen könne. Ich grinste in meinem Traum. Mein Unterbewusstsein, welches ich für meine Träume verantwortlich sah, wollte rührend rücksichtsvoll sogar Computern Pausen zugestehen. Ich nickte dem Steward freundlich zu und wartete ab. Dann reckte ich mich, um nochmals die anderen Schlangen zu betrachten.

Schlange sieben gab zweifelsohne ein anderes Bild im Vergleich zu Schlange eins ab. Sie standen eher wie ein Pulk zusammen und redeten leise in angenehmen, gedämpften Stimmen miteinander. Es schien keine Rolle zu spielen, wer als Nächstes an der Reihe war. Mehr oder weniger zufällig löste sich ein Wartender aus dem Pulk, wenn das Terminal frei wurde, um sich den Fragen zuzuwenden. Dabei entstanden automatisch regelmäßig Pausen für den Computer. Die Wartenden schienen wie ein Team zusammenzustehen. Es gab kein Drängeln, kein Fluchen, kein gestresstes Schimpfen. Auf mich machte es den Anschein, als ob sie wussten, wann ihre Zeit gekommen war, sich dem Quiz abermals zuzuwenden und dann intuitiv an den Computer traten. In der angeregten Konversation des Pulks waren dabei leises Lachen und fröhliche *Aha*-Rufe zu hören. Sie schienen auf diese Art zu lernen, was nötig war, um letztlich den Weg aus dem Schiff herausgehen zu können. Es wirkte wie ein freudiges, gemeinschaftliches Lernen ohne Druck. Außerdem bemerkte ich einzelne Anstehende, die sich aus der Reihe lösten und für einige Zeit auf das Schiff zurückkehrten. Leider konnte ich in meinem Traum zwar die Stimmung der Menschen in der siebten Schlange wahrnehmen, nicht aber den Inhalt ihrer Gespräche verstehen.

Der Steward, der über den Computer gebeugt dastand, winkte mir zu und bedeutete mir, vortreten zu können. In der Schlange hinter mir entstand ungeduldiges Gedränge. Ich platzierte mich vor dem Terminal, während zwei andere Stewards alle Hände voll damit zu tun hatten, die unruhigen Anstehenden zu besänftigen und wieder zu ordnen.

Der Bildschirm vor mir leuchtete in ungewohnt warmem Licht, und eine Filmsequenz zeigte mir Teile aus Susans Leben, an die ich mich überaus gerne erinnerte. Ich sah die erste Kamera, die Susan als Teenager zu einem Geburtstag bekommen hatte. Dann sah ich ausgedehnte Streifzüge durch die angrenzenden Wälder der Stadt, sorglos auf Motivjagd. Ich beobachtete die Freundin, die so gut zuhören konnte und wie Susan als Kind auf einem Klettergerüst wie ein Äffchen bis ganz nach oben geklettert war. Ich stolperte innerlich kurz darüber, wie sehr ich mich plötzlich mit Susan identifizierte und mich fast mehr als Susan, denn als Robin fühlte. Dann erschien die erste Frage:

„Wer ist für deine Gefühle verantwortlich?"
   a: Die Menschen in meinem Leben
   b: Die Situation, in der ich mich befinde
   c: Ich selbst
   d: Test abbrechen

Das war leicht, dachte ich und klickte siegessicher auf Möglichkeit c. Längst hatte ich verstanden, ob ich fröhlich, leidend oder genervt war, ich selbst war die Quelle meiner Emotionen. Jemand anderes konnte lediglich etwas in mir auslösen, was im Grunde bereits da war. Wogegen eine andere Person nie die Ursache meiner Gefühle sein konnte.

Es folgte eine erneute Filmsequenz mit Erinnerungen, die diesmal etwas schmerzhafter in mir wirkten. Ich sah die Frau, die ich in der Vergangenheit als meine Mutter entlarvt hatte. Sie stand gemeinsam mit Susan auf einer Beerdigung. Mit grausamer Sicherheit wusste ich, es handelte sich um das Grab ihres Mannes und Susans Vater. Dann sah ich Susan auf einem Frühjahrsfest in einem Autoscooter. Schließlich leuchtete die nächste Frage auf:

„Wozu dienen Gefühle?"

    a: Um uns zu ärgern

    b: Um uns auf unsere Bedürfnisse aufmerksam zu machen

    c: Um das Leben schmerzhaft zu machen, damit der Tod eine
       Erleichterung ist

    d: Test abbrechen

Wieder war ich mir meiner Sache gewiss und antwortete mit b. Die nächste Filmsequenz begann mit dem gleißend weißen Licht, das ich aus meiner Krankenhauserinnerung kannte. Ich wusste, hier begann keine fröhliche Kindheitserinnerung, hier begann ein Albtraum. Angst breitete sich in mir aus und flüchtig erwog ich, vom Terminal wegzutreten. Dann erinnerte ich mich an meinen Vorsatz, aktiver Achtsamkeit und Akzeptanz verinnerlichen zu wollen. Daher entschloss ich mich, dabei zu bleiben.

Nun fühlte ich mich vollends wie Susan, nicht wie Robin. Ich war mit ihr identifiziert und war wieder sie. Ich sah, wie meine Mutter neben mir entlang eilte. Ich wurde in einem Krankenhausbett einen Flur mit weißen Wänden entlanggeschoben. Mamas Augen blickten mich liebevoll und auch voller Angst an. Wir hielten vor einem Aufzug. Seine silbrigen Türen öffneten sich und meine Mutter blieb zurück. Als ich sah, wie ihr die Tränen in die Augen stiegen, konnte ich nicht mehr. Ich wandte mich von dem PC ab.

Zitternd und bebend wartete ich bis zum Ende der Sequenz. Dann las ich nicht einmal die nächste Frage, sondern klickte sofort auf den Auswahlpunkt d: Test abbrechen. Ich hörte die blecherne Stimme mit der höflichen Aufforderung, mich in die zweite Schlange einzureihen, und tappte los, nur um unter der Brücke, unter der ich eingeschlafen war, als Robin zu erwachen.

Nachdenklich und betrübt von diesem Traum blieb ich noch ein Weilchen an den Brückenpfeiler geschmiegt hängen. Es war inzwischen helllichter Tag und am Ufer des Flusses sammelte sich eine Schulklasse zu einem Kanuausflug. Als ein besonders freches Trio aus Jungs einem Mädchen ihre Schwimmweste stibitze, um mit dieser in ein Boot zu springen, und auf den Fluss hinauszupaddeln, durchzuckte mich ein starkes Gefühl. Das Mädchen stand hilflos am Ufer und ich sah, wie sich ihre Augen mit Tränen füllten, wie eben noch bei Susans Mutter im Traum.

Was dann passierte, war mir allenfalls halb bewusst. In rasender Wut schoss ich aufs Wasser, tauchte unter und wackelte wie eine Wilde am Boot der Jungen. Einer fiel platschend ins Wasser, die beiden anderen begannen panisch zu schreien. Beschämt ließ ich von dem Kanu ab. Ich kannte derlei starken Ärger nicht von mir. Jemanden so zu erschrecken gehörte sich wirklich nicht und mein innerer Kritiker begann von neuem mit mir selbst ins Gericht zu gehen.

Laut dröhnte seine Stimme in meinem Kopf: „Reiß dich gefälligst zusammen und lass dich nicht andauernd so gehen!" Ich war genervt von mir, so kurz nach meinem Beschluss achtsamer und bewusster zu handeln, derartig ausgerastet zu sein. Trotz all meiner Bemühungen entglitten mir Situationen rasant schnell. Hätte ich weinen können, dann hätte ich vor Scham bestimmt einige Tränen vergossen. Ich wäre am liebsten im Boden versunken, als mir aufging, welch große Angst ich den Jungs bereitet hatte.

Betroffen blieb ich und sah, wie sich die Buben beruhigten. Der gestürzte Junge war zum Ufer geschwommen und wurde von der Lehrerin mit Ersatzklamotten versorgt. Das traurige Mädchen hatte ihre Weste zurück und die Klasse beruhigte sich langsam, um sich auf den Ausflug vorzubereiten.

Ich tröstete mich damit, offenbar keinen größeren Schaden angerichtet zu haben. Trotzdem tat es mir unfassbar leid, die Fassung verloren zu haben.

Mein Flug nach Hause war geprägt von kleinen Unachtsamkeiten. Ich hing gedanklich noch bei meinem Traum und bei meinem Schuldgefühl den Jungs gegenüber fest. So stieß ich gegen eine Straßenlaterne, erschreckte eine Maus, die dachte, ich sei ein Greifvogel und irritierte einen kleinen Hund so gehörig, dass er das Verrichten seines großen Geschäftes unterbrach.

„Komisch", dachte ich, „in dieser Stimmung passieren mir eindeutig zahlreichere Missgeschicke, als sonst."

Kapitel 15: Das Impuls-Spiel

Also nahm ich mir wieder einmal vor, bewusster und achtsamer zu werden. Bereits beim Formulieren dieses guten Vorsatzes merkte ich, wie ich ungeduldig wurde. Lange hatte ich geglaubt, ich sei vorbildlich in Sachen Akzeptanz. Dann waren mir kontinuierlicher Momente aufgefallen, die ich nicht gelassen und bewusst erfahren konnte oder wollte. Heute kam es mir vor, als würde ich jeden Tag wiederkehrend mit dem Vorhaben der Achtsamkeit beginnen, jedoch nur, um wiederholt damit an meine Grenzen stoßen. Ich wollte endlich weiterkommen und Entwicklung verbuchen können.

In den folgenden Tagen spielte ich deshalb das *Spiel der Impulse*, wie ich es liebevoll getauft hatte. Dabei versuchte ich, jedem aufkommenden Impuls umgehend und ohne ihn zu hinterfragen, zu folgen. So konnte ich meine Intuition schärfen und fühlte mich rasch, auf eine seltsam intensive Art, verbunden mit mir selbst. Das gab mir eine Energie, die ich sonst selten wahrnahm. Im Spielmodus war ich viel näher an meinen Gefühlen und Bedürfnissen.

Das letzte Mal hatte ich dieses Spiel im Winter gespielt. Es hatte mich an wundersame Orte, wie zum Beispiel in das Innere des Kakaokessels eines Weihnachtsmarktstandes, gebracht und mir viel Freude bereitet.

In letzter Zeit war in mir verstärkt die Lust zu spielen aufgekommen. Zusätzlich war mir in häufiger werdenden Situationen die Aufgabe begegnet, mir selbst konzentrierter zuzuhören und unmittelbarer dem zu folgen, was mich innerlich anzog. Daher empfand ich es als passend, eine frische Spielphase zu eröffnen.

Ich zog durchaus die Möglichkeit in Betracht, im Universum einen höheren Plan zu erfüllen. Als Susan hatte ich ab und an die Idee gehört, jedes Lebewesen habe seinen individuellen Lebensplan. Vielleicht hatte ich eben meinen Todesplan. Allerdings war es mir nicht vergönnt, diesen explizit zu erkennen. Trotzdem konnte ich natürlich Vermutungen anstellen. Eine dieser Theorien war, dass das Universum uns Stück für Stück durch unser Dasein lotste. Dabei gab es uns als Wegweiser Bedürfnisse an die Hand. Bedürfnisse zeigten sich, wie ich von Birte gelernt hatte, charakteristisch durch Gefühle.

Meine Mitbewohnerin benutzte an dieser Stelle mitunter das Wort Indikator. Sie sagte dann mit ernster Miene zu ihren Patienten: „Es gibt keine positiven oder negativen Gefühle, sie alle dienen einem Zweck. Sie zeigen uns an, was genug da ist und was fehlt, so wie Durst oder Müdigkeit das Bedürfnis nach Wasser beziehungsweise Schlaf anzeigen."

Nachdem ich das ein oder andere Gefühl persönlich getroffen hatte, verstand ich die Wahrheit in diesen Worten. Zusammengefasst würde das bedeuten, wenn ich meine Gefühle, Bedürfnisse und Impulse beharrlich erspürte und diesen folgte, wie Hänsel und Gretel im Märchen den Brotkrumen, würden sie mir den Platz zeigen, an dem ich sein sollte. Sie würden mich zuverlässig da hinbringen, wo es gut für mich war.

Das *Impuls-Spiel* war also auch irgendwie ein Versuch, meinen Platz in dieser Welt zu finden. Natürlich beruhte die Theorie dahinter auf vielen Vermutungen, dennoch wollte ich ihnen nachgehen, und Zeit dafür hatte ich schließlich genügend.

In den vergangenen Monaten waren mir die Funktionen von Traurigkeit, Angst und Wut einleuchtender geworden. Ich wusste um das Bemühen der drei, hilfreich zu sein. Ich registrierte indes auch, wie entfremdet die meisten Menschen von ihren Bedürfnissen und Gefühlen waren und wie schwach sie ihre eigene innere Stimme hörten.

„Kein Wunder", brummelte ich leise, „wenn man sich die Welt, in der sie aufwachsen, mal so ansieht."

Als Kinder wussten Menschen in der Regel noch, was ihnen Freude bereitete, wie viel sie sich bewegen wollten, wie laut oder leise sie sein wollten und oft sogar, was sie einmal werden wollten. Kinder schienen ihre Gefühle und Bedürfnisse noch deutlicher wahrzunehmen, und es gelang ihnen in jungen Jahren viel zuverlässiger, sich nach ihnen zu richten. Wie in meinem *Impuls-Spiel* setzten sie ihre aufkommenden Wünsche um, als wüssten sie, wofür sie auf dieser Welt waren. Manchmal schien es mir, als hätten die kleinsten der Kleinen einen Plan davon, was für sie im Leben gut war und wie sie es gestalten wollten. So oft mich diese Zielstrebigkeit gruselte, so schade fand ich es, zu beobachten, wie sie im Laufe der Zeit verloren ging.

Ich hatte geglaubt, die Kritik der Erwachsenen sei ausschlaggebend, um junge Lebewesen von ihren inneren Lebensplänen abzubringen. X-mal hatte ich gehört, wie Kinder als unpassend oder gar störend abgestraft wurden.

Wertende Sätze wie „Das macht man aber nicht", und „Du bist echt ein Träumer, das geht so nicht!", kamen mir dazu in den Sinn. Sie ließen mich jedes Mal innerlich zusammenzucken.

Lange war ich überzeugt davon gewesen, Strafe und Tadel seien die wesentlichen Elemente, die früh dazu führten, Kinder zu Anpassung und Unterdrückung ihres eigentlichen Wesens zu bringen. Es hatte ein wenig gedauert, bis ich begriff, wie viel wichtiger das gut gemeinte

Lob für das Aufgeben des kindlichen Lebensplanes, der Träume und Wünsche war. Heute schien mir Lob viel wichtiger für die Entfremdung eines Kindes von seinem ursprünglichen Wollen, als Strafe.

Bereits im Kindergarten und der Grundschule wurden die kleinen Lebewesen mit allerhand Sternchen, Preisen und Belohnungen geködert, später dann mit Noten und Punkten, um sich ordnungsgemäß und normgerecht zu verhalten. Durch Lob und Bestärkung lernten sie die zwei Schubladen von richtig und falsch noch schneller kennen als durch Strafe oder Tadel. Die Ideen der Erwachsenen wurden den jüngeren Erdenbewohnern als die Wahrheit verkauft. Befolgten die Kleinen diese, bekamen sie etwas dafür. Das war der Deal. Die innere Motivation etwas aus eigenem Antrieb zu tun, wurde damit selbstverständlich bald spärlicher, bis die eigenen Motive und Bedürfnisse nahezu ganz verstummten.

Das wurde selten zum Problem, solange die kleinen Menschlein nichts anderes zu tun hatten, als in ihrer Familie den Regeln zu folgen und dieser Bedingung brav nachkamen.

Schwierig wurde es erst später. Ziemlich genau dann, wenn dieselben Kinder als junge Erwachsene plötzlich selbstständige Entscheidungen fällen sollten und wissen mussten, wie sie ihr Leben glücklich gestalten. Dann sollten sie auf einmal klar haben, welcher Beruf sie erfüllte, überdies welche Art von Beziehungsführung sie für sich wählen, und wie sie wohnen wollten. Einzig, um im Anschluss wieder durch bestätigende Lobmechanismen und Lohnsysteme von ihrem inneren, zutiefst eigenen Wollen abgelenkt zu werden.

Für mich war diese Haltung abstrus, sodass es mir Freude bereitete, Leute aus dem gesellschaftlich etablierten Belohnungssystem ausbrechen zu sehen. Deshalb bescherte es mir so eine innere Zufriedenheit, wenn ich mein *Spiel der Impulse* spielte. Es versetzte mich in die Lage, meine Prägungen darüber, was gut und richtig oder falsch und böse war, außen vor zu lassen. Das, was Susan als gesellschaftliche Norm erlernt hatte, also das, was sich gehörte, spielte in meinem Spiel keine Rolle. Ich tat, was mir in den Sinn kam. Dies fing im Kleinen an und führte zu den interessantesten Begebenheiten. Außerdem brachte es mich dazu, mehr zu sein und zu handeln wie ein Kind und dies war, wie ich hoffte, konform zu meinem inneren Lebensplan... Nein, Todesplan.

Vor dem Hintergrund dieser Theorie zog ich erst einige Kreise über unserem Wohnhaus. Dann bemerkte ich den ersten Impuls. Anfangs fühlten sich meine Impulse stets an wie flüchtige Ideen, die ich, wenn ich nicht aufpasste, als Quatsch abtat und nicht beachtete. Heute gelang es mir, zuzuhören. Daher flog ich in das wunderhübsch angelegte Blumenbeet auf dem nächsten Autokreisel. Dort legte ich mich um die Blüten und erfühlte langsam jede Faser eines Blütenblattes, das ich besonders anziehend fand.

Als ich satt war von dieser Ansicht, bemerkte ich den nächsten Impuls. Es zog mich entlang der Straße, die in den Kreisel mündete, hin zu einer Straßenlaterne. Es war eine dieser alten, kunstvoll geschmiedeten Laternen, die in der Nacht hinter Glas ihre Lichter behüteten. Hier verharrte ich eine Weile irritiert, da nicht unmittelbar ein Folgeimpuls kam und ich nicht wusste, was nun zu tun war. Ich betrachtete die Schmiedekunst, bis mein nächster innerer Handlungsauftrag kam.

Durch die Gassen der Stadt folgte ich diesem hinaus in den Vorort, in dem Susan als Kind gelebt hatte. Wie magnetisch angezogen segelte ich zu dem Haus eines sogenannten Reiki-Meisters. Dieser arbeitete hauptberuflich im ansässigen Friseursalon und hatte als Nebentätigkeit eine Reiki-Praxis eröffnet. Als Susan fand ich die Sache mit dem Händeauflegen und Beten ziemlich schräg. Da dieser Heiler auch noch meiner Großmutter die Haare schnitt, stufte ich das Ganze als höchst unglaubwürdig ein. Das äußere Bild, das der Meister durch seinen Beruf und sein Auftreten abgab, hatte mich damals zu einem festen Urteil gebracht: Ich hielt seine Reiki-Tätigkeit für Schabernack, um den Leuten das Geld aus der Tasche zu ziehen.

Zwar glaubte ich auch als Robin nicht an alles, was der Meister erzählte, vollbracht haben wollte oder tat, gleichzeitig kam ich nicht umhin, ihm eine besondere Ausstrahlung zuzugestehen. Ich war schon öfter in seiner Praxis gewesen und auch ab und an in dem Friseursalon, in dem er arbeitete. Das letzte Mal hatte ich ihn beim Anfertigen einer komplizierten Hochsteckfrisur beobachtet. Plötzlich hatte er den Blick gehoben. Er hatte den Kamm weggelegt und schien mich mit seinen grünen Augen lange und direkt anzusehen. Als ich mich damals erhoben hatte und langsam durch den Salon geschwebt war, war mir sein Blick sogar gefolgt. Dieses Verhalten hatte mich durchaus irritiert und verunsichert. Seitdem mied ich ihn. Zumindest bis jetzt, denn heute war mein innerer Zug zu ihm groß. Da ich das *Impuls-Spiel* spielte und mich an die Regeln halten wollte, schwebte ich also zu seinem Haus.

Ich fand ihn in seinem blühenden Garten, wo er in einem kleinen Gewächshaus Tomatenpflanzen mit Wasser begoss. Erneut hob er den Blick von der Gießkanne und schaute umher.

„Interessant, dass du ausgerechnet heute kommst", murmelte er nachdenklich. Er ging ins Haus, wusch sich die Hände und legte die helle Kleidung an, die er in der Reiki-Praxis generell für Behandlungen trug. Kaum umgezogen, läutete die Türglocke der kleinen Praxis, die sich im Erdgeschoss des Wohnhauses befand. Als ich sah, wer dort eintrat, wollte ich meinen Sinnen nicht trauen.

Meine Mutter höchstselbst oder Susans Mutter oder eben einfach DIE Mutter stand im Raum. Ihr Anblick berührte mich durch und durch und eine Woge liebevoller Zuneigung zu dieser grazilen Frau mit den kastanienfarbenen Locken überrollte mich. Kurzzeitig erwog ich, mich zu verdünnisieren, weil die aufkommenden Gefühle mich zu überwältigen drohten. Dann spürte ich jedoch markant den Impuls der Neugier, und den Wunsch zu bleiben.

Der Meister begrüßte Mum freundlich. Die beiden begannen ein Gespräch und schließlich eine Reiki-Behandlung. Ich hatte nicht gewusst, dass meine Mutter an derartige Dinge glaubte, aber in diesem Moment fühlte ich mich ihr unbeschreiblich nah und alles andere war mir reichlich egal.

Sie berichtete von ihren emotionalen Schwankungen und wie verzweifelt sie sich Belastbarkeit und Stabilität wünschte. Auch erklärte sie, wie bitterlich sie unter den heftigen, schmerzhaften Einbrüchen ihrer Stimmung litt, um sich im nächsten Atemzug eigentlich wieder recht akzeptabel zu fühlen.

Sie sagte: „Es fühlt sich wie eine Achterbahn der Gefühle an, ich kann mich auf mich und mein Erleben gar nicht verlassen."

Der Meister hörte ihr andächtig zu und fragte dann: „Mir kommt gerade eine Idee. Möchtest du wissen, wie ich darüber denke?"

Meine Mum sah ihn an und erwiderte: „Ja, unbedingt."

Dann brachte der frisierende Reiki-Meister ein ziemlich gutes Argument, wie ich fand.

Er sagte: „Weißt du, wie oft mir heute schon kalt und warm war, wie oft ich mich hungrig und satt gefühlt habe? Unseren Körpergefühlen gestatten wir mit großer Selbstverständlichkeit, sogar minütlich, zu schwanken, hingegen soll unsere emotionale Gefühlslage statisch sein. Wir sollen Trauer verarbeiten und dann nicht mehr traurig sein, für immer den gleichen Ort schön finden oder jemanden ewig lieben. Unter Umständen darf das mit den Gefühlen auch mal ein atmender Prozess sein und kein fester Status, was hältst du davon?"

Meine Mutter stutzte und wirkte, als würde sie über die Worte nachdenken. Dann hob sie plötzlich die Lider und sah mich unvermittelt an. Die Zeit schien stillzustehen. Plötzlich roch ich ihren vertrauten Geruch nach Seife, Erde und Frühlingsblumen, gemischt mit den dezenten Aromen der Praxis. Ich war so mit ihr beschäftigt und verbunden, als wären wir eins und nicht zwei.

Der Heiler saß indes selig lächelnd auf seinem kleinen Schemel. Auf die schrägste Art und Weise, die mir je untergekommen war, war auch er in unserem kleinen Kreis verwoben mit uns.

So verharrten wir viele menschliche Atemzüge lang. Schließlich merkte ich, wie ich meine Konzentration nicht weiter auf die Szene vor mir richtete, sondern in einem seltsamen Gefühl der Einheit aufging.

Dann brach meine Mutter die Stille mit tränenerstickter Stimme: „Ja, seit ihrem Tod bemerke ich diesen Prozess. Seit sie in diesem Krankenhaus notoperiert wurde, vergesse ich ihren letzten Blick nicht, als sich die Aufzugtüren schlossen."

Ich fühlte ihren Schmerz, als wäre es meiner und vielleicht war das auch der Fall. In diesem merkwürdigen Augenblick gab es kein *mein* und *dein*, kein *ich* und *du*.

Vorsichtig erwachte in mir eine Erinnerung, die ich gut verschlossen und tief in mir vergraben hatte. Sie begann fortwährend anschaulicher und farbvoller zu werden, wie ein Traum, an den man sich langsam beginnt zu erinnern, bis all seine Inhalte komplett in das Bewusstsein zurückkehren. Es war die schmerzhafteste Erinnerung, die ein Mensch haben kann. Ich begann mich daran zu entsinnen, wie ich verstorben war. Über mir begannen zarte Regenbogenfarben zu schimmern, die mich unmissverständlich zu sich zogen.

Ich konzentrierte mich auf diese seltsame Energie und ihren Zug an mir, doch irgendetwas hielt mich zurück. Es fühlte sich an, wie mit einem Fallschirm vor einer Kante zu stehen, den entscheidenden Schritt allerdings nicht gehen zu können, den Absprung nicht zu schaffen. Ich war wie gelähmt und etwas in mir blockierte mich selbst. Erschreckt darüber, derart unmittelbar am Jenseits zu sein und vor innerem Schmerz aufgerieben, riss ich mich schließlich aus Mums Erzählung los und stob davon. Mir war klar, wie kurz davor ich gewesen war, diese Welt vollends zu verlassen, zugleich war mir ganz und gar nicht klar, ob ich das wirklich so wollte.

Es war, als hätten die Beschäftigung mit meinen stärksten Gefühlen und die Einheit mit Mum und dem Meister, die ich erlebt hatte, eine Art Portal geöffnet. Ich erkannte plötzlich mit erbarmungsloser Gewissheit, hier musste der Schlüssel zu meinem Seelendasein liegen. Mit einem Mal wusste ich zweifellos, was zu tun war, um dieses zu beenden.

Eine wispernde Stimme in mir flüsterte: „Du musst loslassen, was dir die größte Angst und den schlimmsten Schmerz bereitet, und du lässt es los, wenn du es bearbeitest. Wenn du dich deinen Abgründen zuwendest, sie durchlebst, dann kannst du sie gehen lassen und dann kannst auch du gehen."

Logisch, bei diesem schlimmsten Erlebnis ging es um meinen Tod. Was könnte heftiger sein als das Dahinscheiden der lebendigen Hülle, die man über viele Jahre bewohnt hatte.

Nun kannte ich also das Geheimnis und den Weg, mit dem ich meinen Zustand als Seele in dieser Welt beenden könnte. Wenn ich mich an meinen Tod erinnerte und mich mit ihm beschäftigte, würde ich mich, wie die anderen Seelen, in der Regenbogenenergie auflösen können.

Doch ich wollte nicht und ich konnte auch nicht. Ich war überzeugt, der Stärke dieser Gefühle nicht gewachsen zu sein und den Schmerz, der mit ihnen verbunden war, nicht aushalten zu können. Nicht umsonst hatte ich die Gedanken an meinen Tod und an meine engsten Bezugspersonen bisher gut in mir verschlossen gehalten. Außerdem hatte ich keine Ahnung, ob ich zum Regenbogeneinheitsbrei dazugehören wollte. Das Dasein, das Leben, nein, das *Totsein* als Robin war etwas so Wertvolles für mich und warum in aller Welt sollte ich es aufgeben wollen? Nur weil alle anderen Seelen vermeintlich in diese Energie strebten, musste ich das ja nicht auch wollen. War ich ausschließlich Robin, um herauszufinden, wie ich ins Jenseits gelangen könnte? Dann wären ich und anscheinend auch alle anderen Wesen dieses Universums einzig auf der Welt, um herauszufinden, wie man sie verlassen könnte. Das schien mir nicht einleuchtend. Parallel stellte sich die Frage, warum ich mein Seelendasein aufrechterhalten sollte. Ich musste darüber nachdenken, wie ich mit dem sich auftuenden Pfad, der offenkundig meine Auflösung in einer seltsamen Regenbogensuppe beinhaltete, umgehen wollte.

Mein *Impuls-Spiel* erklärte ich an dieser Stelle als beendet. Ich hatte für einen kurzen Moment geglaubt, das Spiel sei meine neue Art zu Sein. Ich hatte gedacht, es wäre der Zugang zu meiner inneren Wahrheit. Schließlich war mir jedoch bewusst geworden, dass das spontane Eingehen auf jeden Impuls seine Nachteile hatte.

Auch dieses Spiel beinhaltete nicht die Patentlösung für alle inneren Konflikte oder Hindernisse. Im Spiel wurden mir einerseits viele Wünsche, auch solche, die sonst eher unterdrückt wurden, erfüllt. Andererseits kamen andere dafür zu kurz. Auf lange Sicht wollte ich eine Balance anstreben. Mein Ziel war ein Zustand, in dem ich meine Impulse ernst nahm und gleichzeitig ihre Hintergründe rational einordnen konnte, um dann zu entscheiden. Derweil hatte mich mein Spiel heute an einen äußerst erkenntnisreichen Punkt gebracht. Wohin genau ich jetzt gehen wollte, wusste ich nicht.

Kapitel 16: Einklang

Einmal mehr führte mich mein Weg vorerst zurück in unsere Wohnung. Birte stand im Badezimmer und machte sich ausgehfertig. Sie trug ein sommerliches, schickes Outfit, dessen luftiger Rock locker bis über ihre Knie fiel. Auf ihrer Handtasche, die an die Flurkommode gelehnt dastand, lag die Broschüre einer Vortragsreihe. Auch für das heutige Datum war ein Vortrag eingeplant, daher vermutete ich, dieser lockte Birte heute aus dem Haus. Sie legte ihren silbrigen Schmuck an, den sie auch meistens zu Behandlungen ihrer Patienten trug und ihr neues filigranes Armband, in das Dottys Geburts- und Sterbedatum eingraviert waren. Sie hatte es in einem kleinen Geschäft in der Stadt mithilfe einer jungen Goldschmiedin selbst angefertigt.

Ich fragte mich, ob auch jemand meinen Todestag derart festhielt. Während ich so über dem Flurboden schwebte und meinen Gedanken nachhing, wurde mir bewusst, wie viel deutlicher und zahlreicher meine Erinnerungen geworden waren. Seit dem Abschied von meinem menschlichen Körper kamen nach und nach detaillierter Einzelheiten in meinem Gedächtnis zum Vorschein. Nicht nur die Erinnerung an meinen Tod gehörten dazu, sondern auch Einzelheiten, die ich freudiger begrüßte.

Als eine Erinnerung an meine lächelnde Mutter während einer Feierlichkeit im Frühling in mir aufkam, beschloss ich, diese für das Training meiner Akzeptanz zu nutzen. Ich wusste, wie viel die innere akzeptierende Haltung, in der ich alle Gefühle und Gedanken wertfrei willkommen hieß, in mir angewachsen war. Gleichzeitig fiel mir auf, wie ich doch noch Gedanken und Gefühle wegschob, wenn sie mir als zu schmerzhaft erschienen.

Offensichtlich geschah dies bei der Erinnerung an mein Sterben als Susan. Eindeutig verdrängte ich auch kleinere Dinge nach wie vor. Jetzt gerade löste das innere Bild meiner fröhlichen Mama in mir unaussprechliche Sehnsucht aus. Mein erster Impuls wäre gewesen, mich von dieser abzulenken und sie somit beiseite zu drücken. Im Sinne meiner angestrebten akzeptierenden Grundhaltung war dies wahrscheinlich nicht. Daher wartete ich stattdessen ab, blieb in der Sehnsucht, und verharrte geduldig und ruhig, ohne meine Empfindung wegzuschieben oder zu manipulieren. Weiter und weiter blieb ich in meinem sehnsüchtigen Zustand und irgendwann verwandelte sich das Gefühl wie durch Zauberhand. Mir war, als ob eine Art Transformation meines Leids stattfand. Das Gefühl blieb immer noch Sehnsucht, inzwischen fühlte es sich allerdings erträglicher an und ich konnte besser verstehen, welches Geschenk es mir machen wollte. In diesem Fall das Geschenk der Erkenntnis, wie wertvoll manche Menschen für mich zu Lebzeiten gewesen waren und als wie wunderbar ich unsere Bindung erlebt hatte.

Sehnsucht und Vermissen hatte ich zum Anfang meiner Seelenkarriere kaum gekannt. Schließlich hatte ich mich auch nicht gleich an alle Gegebenheiten und Personen erinnern können. Je umfassender mein Gedächtnis an Susans Leben zurückkehrte, desto häufiger dachte ich sehnsüchtig zurück. Anfangs hatte ich vor allem mit dem Vermissen Probleme gehabt. Stellenweise hätte ich dieses Empfinden am liebsten betäubt, vor allem, wenn es besonders stark wurde. Erst nach und nach konnte ich dieses sanfte, ziehende und manchmal wild reißende Gefühl lieben lernen, wie viele andere Gefühle auch. Wenn ich lange genug still in ihnen verblieb, konnte ich sie fühlen, wie sie wirklich waren. Dann war nichts Schreckliches mehr an ihnen. Sie blieben zwar schmerzhaft, aber irgendwie schön schmerzhaft.

Birte klimperte mit ihrem Schlüsselbund, der neben dem Wohnungsschlüssel auch noch ihren Autoschlüssel und den Kellerschlüssel vereinte. Den Praxisschlüssel bewahrte sie an einem eigenen Schlüsselbund auf, als ein kleines Zeichen der Trennung von Privatleben und Beruf. *Work-Life-Balance* war für die Psychologin ein geflügeltes Wort, wenngleich sie damit durchaus haderte.

Hörte man auf Birte, so sollte die Arbeit nicht das Gegenteil von Leben oder Freizeit sein, sondern diese beiden ergänzen. Sie war überzeugt, man habe in sich das Wissen um die Tätigkeiten und, vor allem, die passende Dosis der Tätigkeiten, denen man nachgehen wolle. Wenn man dieses Wissen freilegte und sich erlaubte, diesem inneren Kompass zu folgen, dann stellte Arbeit keinesfalls etwas ermüdend Gruseliges, womöglich gar Schlimmes dar. Gewiss war gegen einen Ausgleich nichts einzuwenden, kam er ja nicht allein den Bedürfnissen nach Balance und Kraftschöpfen zugute, sondern auch denen von Abwechslung, Abenteuer und Genuss. Sie wehrte sich nur vehement gegen das Konstrukt des *Akkuaufladens* durch Freizeit.

Sie hinterfragte ein Verweilen in diesem Hamsterrad aus Aufladen und Entladen. Stattdessen sprach sie sich dafür aus, Veränderungen zulassen zu können, die den Alltag auch außerhalb von Wochenende und Urlaub zu einer angenehmen Zeit machten. Die lebendige Zeit ausschließlich am Wochenende zum Lebendigsein zu nutzen, lag ihr fern.

Trotzdem war auch sie am Anfang ihrer Berufslaufbahn in einen Job eingestiegen, der nicht ihrem inneren Wunsch entsprach. Erst nach ihrer Ausbildung zur Kauffrau für Bürokommunikation hatte Birte begonnen, ihre innere Überzeugung zu leben. Ihre Ausbildungszeit hatte sie als langweilig und öde empfunden und sich eher schlecht als recht durch den Lernstoff durchgebissen. Ihr Umfeld hatte es von ihr erwartet und auch sie selbst hatte geglaubt, nach ihrer Schullaufbahn mit dem Ernst des Lebens beginnen zu müssen.

Ein wachsender Teil in ihr hatte sich indessen vehement dagegen gewehrt, mit einzusteigen in das ewige Fürchten des Montags am Sonntagabend und in das monoton wiederkehrende Herbeisehnen des Wochenendes.

Statt umgehend ihr Arbeitsleben in ihrem gelernten Beruf anzufangen, hatte sie deshalb auf der Abendschule ihr Abitur nachgeholt, nebenbei in zwei verschiedenen Bars gekellnert und schließlich ihr Psychologiestudium begonnen.

Anni hatte einmal in einem Gespräch mit Birte erzählt, wie mutig sie diesen Schritt ihrer Schwester empfunden hatte.

Birte hatte gelächelt und sich für das Kompliment bedankt. Dann hatte sie gesagt: „Weißt du Schwesterlein, es wäre viel mutiger gewesen, im Hamsterrad zu bleiben und mich in einer Tätigkeit zu quälen, die mir nicht zusagte. Mut bedeutet, sich einer Gefahr entgegenzustellen. Einem Beruf nachzugehen, den man als zehrend empfindet, möglicherweise auch in einer Beziehung zu verweilen, die nicht erfüllt, sehe ich als die wesentlich gefährlichere Art zu leben, als daraus auszubrechen."

In ihrem Studium hatte Birte sich inhaltlich, wenn überhaupt, zum Teil wiedergefunden, allerdings viele wichtige Einsichten gewonnen. Unter anderem die, dass sich die eigentliche Arbeit, wie auch der Wert einer Person, selten im Kontostand ausdrückte. Die wichtigste Arbeit tat dies wahrscheinlich nie. Bereits in der Studienzeit hatte sie sich vorgenommen, jeden Tag, nicht nur Samstage und Sonntage, liebevoll zu gestalten. Liebevoll bedeutete für sie dabei vor allem voller Selbstliebe. Sie hatte Druck aus ihrem Lernstoff genommen, Schwerpunkte auf Fächer gelegt, die sie ernsthaft interessierten und war schließlich zu dem Punkt gekommen, an dem ihr das Studieren Freude bereitete. Insbesondere stolz war sie auf ihren Masterabschluss. Jedoch nicht etwa aufgrund ihrer guten Noten oder des Titels, sondern weil sie die Thematik ihrer Abschlussarbeit mochte und es ihr gelungen war, sowohl in den Fragestellungen als auch in der Ausarbeitung aufzugehen.

Die Tür schlug zu und der Schlüsselbund mit dem Anhänger aus vielen bunten Perlen drehte sich im Schloss. Einer spontanen Eingebung folgend, schwebte ich durchs Fenster und beschloss, meine Mitbewohnerin zu begleiten. Noch im Hinunterschweben an der Hauswand freute ich mich darüber, offenbar doch noch ein bisschen im *Impuls-Spiel* zu bleiben, wenn auch nicht weiterhin radikal und ausschließlich.

Birte saß inzwischen in ihrem winzigen, kirschroten Auto und fädelte sich in den Straßenverkehr vor unserer Wohnung ein. Ihr kleines, motorisiertes Gefährt war zerbeult und in die Jahre gekommen, nichtsdestotrotz liebte sie es heiß und innig. Obwohl seit einigen Tagen der Motor beim Anlassen herzzerreißend quietschte und ein Austausch des Keilriemens offensichtlich so unabwendbar war wie noch einige andere ausstehende Reparaturen, hatte sie nicht die geringste Absicht, es abzugeben. Es hatte ein Stoffdach, das man bis hinter die Rücksitzbank zurückfalten konnte. Dann fühlte man sich, als säße man in einem Miniaturcabrio. Der Blinker des Fahrzeugs machte witzige *Pling-Pling-Geräusche* und die Vordersitze ließen sich komplett umklappen, um eine Liegefläche mit den Rücksitzen zu ergeben. Ich rauschte hinter dem roten Auto her, bis zu den Vorlesungsräumen der nächsten Universitätsstadt, die etwa 40 Minuten Fahrt entfernt auf einem Hügel thronte.

Der heutige Vortrag gehörte zu einer offenen Vorlesungsreihe und trug den Titel: „Spiritualität in der Psychologie und Psychotherapie". Genau mein Ding, könnte man sagen. Es handelte sich um eine Präsentation, die für jeden zugänglich war, deshalb lief ein bunt durchmischtes Publikum vor dem Vorlesungssaal zusammen.

Ich war äußerst erfreut, Frau Warsa zu sehen, die sich in einer kleinen Gruppe, in der ich auch Soki erkannte, angeregt unterhielt. Birte schritt schnurstracks an ihr vorbei, was mich irritierte, obwohl ich natürlich theoretisch wusste, dass die beiden sich nicht kannten. Als Susan hätte ich sie einander vorgestellt, heute konnte ich nicht mehr tun, als mir zu wünschen, ich wäre in der Lage dazu, denn Frau Warsa wäre sicherlich eine Bereicherung für Birte gewesen, wie auch umgekehrt.

Mit einem Teil von mir war ich bei Frau Warsa geblieben, der andere Teil war mit Birte in den Raum gegangen und hatte sich über ihrem Platz ausgebreitet. Während meine ehemalige Mentorin nun auch in den Saal ging, um ebenfalls ihren Platz einzunehmen, bekam ich das witzige Gefühl, mich zusammenzuziehen. Es fühlte sich so ähnlich an, wie wenn man als Mensch schnell mit dem Auto über eine kleine Erhebung sauste und den Schwung der Bewegung im Bauch merkte.

Ich kicherte, gluckste und war freudig überrascht, als ich Frau Warsa drei Plätze neben Birte sitzen sah. „Normalerweise gehen Wünsche nicht so schnell in Erfüllung", schmunzelte ich.

Dann trat der Redner, ein Herr Mitte 60 mit vollem, ergrautem Haar und großer, runder Brille, hinter das Rednerpult. Die Diskussionen der Zuhörer verstummten und auch ich wartete auf den Beginn des Vortrags.

Der Herr eröffnete seine Ausführungen mit der Emotion der Wut und postulierte, diese sei in den seltensten Fällen eine reine Emotion.

Größtenteils trete sie sekundär nach einem primären Gefühl, wie Trauer oder Angst auf, wenn der Fühlende die unbewusste Überzeugung habe, diesem ersten Gefühl nicht recht gewachsen zu sein. Die Idee von primären und sekundären Emotionen und die Abgrenzungsfunktion von Wut kannte ich bereits aus meinem Treffen mit der Letzteren und auch aus Birtes Praxis. Deshalb schweifte ich gedanklich ab. Als ich zum Vortrag zurückkehrte, ging es um Ärger. Dieser sei, so der Vortragende, häufig verknüpft mit einer inneren Anspruchshaltung und einer Formulierung, die weithin mit dem Wort *sollte* einhergehe.

Er führte aus: „Wir sprechen dann mit uns selbst und sagen: ‚*XY sollte anders sein*‘, oder ‚*Ich sollte besser sein als ...*‘ Mit diesem *sollte* geben wir uns selbst zu verstehen, etwas sei nicht gut so, wie es ist. Damit wiederum sind wir abgetrennt vom Leben und der großen Energie, die alles verbindet."

Dieser Satz fing mich ein und ließ mich überlegen. Wenn sich zu ärgern bedeutete, abgetrennt zu sein von der Energie, in welche die anderen Seelen gegangen waren, warum war ich dann abgetrennt? Ich ärgerte mich schließlich höchstens alle Jubeljahre.

Ich hing an den Lippen des Redners. Zuhörend kam mir die Erkenntnis, wie lange ich meinen Ärger abgewertet und nicht zugelassen hatte, weil ich in ihm den Ursprung von Übel, Gewalt und Bösem vermutete. Wenn ich mir diese Bewertung des Gefühls bewusst machte, sah ich rasch ein, wie viel Unwahrheit darin liegen musste. Ich hatte nie geübt, Ärger mit Akzeptanz zu begegnen, weil es nie nötig geworden war. Da ich mein Ärgergefühl derart abwertete, hatte ich es gar nicht erst so weit kommen lassen, es zu fühlen. Schon bevor ich überhaupt ärgerlich wurde und dieses Ärgergefühl mir ins Bewusstsein kam, verbot ich es mir und schickte es damit ins Unterbewusstsein.

Ich sah diesen Sachverhalt plötzlich glasklar und wunderte mich darüber, ihn erst jetzt zu erkennen. „Eigentlich hätte ich bereits nach dem Kennenlernen der Wut eine Idee davon entwickeln können", warf ich mir leise innerlich vor.

Etwas in mir ergänzte den vortragenden Herrn vor mir und ich selbst formulierte für mich die Vermutung: Ärgern heißt abgetrennt sein, noch viel abgetrennter ist man hingegen, wenn man sich gar nicht erst ärgert und somit den Ärger nicht achtsam und in Akzeptanz wahrnehmen kann.

Frau Warsa hatte sich zu einer Wortmeldung hinreißen lassen und der Dozent mit den grauen Haaren nahm sie lächelnd dran. Sie holte Luft und dann geschah etwas Unmögliches.

Sie sprach den Satz laut aus, den ich zuvor gedacht hatte: „Ärger ist ein Trennungsgefühl, das habe ich verstanden, und daher bedeutet er, abgetrennt zu sein. Doch ich fühle mich noch viel abgetrennter, wenn ich mich gar nicht erst ärgere, den Ärger im Keim ersticke und ihn somit gar nicht erst bewusst wahrnehmen kann."

Ich hing in der Luft und glotze Frau Warsa an, die sich etwas unbehaglich umdrehte, dann allerdings die erste kleine Diskussion genoss, die sie mit ihrem Beitrag angefacht hatte. In diesem Moment wünschte ich mir nichts sehnlicher, als mit zu diskutieren.

Der gerade gehörte Ansatz passte gut zu meinen Erfahrungen mit dem Reiki-Meister und Mutter. Hier hatte ich eingesehen und verstanden, dass ich mich mit meinem Tod auseinandersetzen musste, um Teil der großen Energie zu werden, die ich als Jenseits bezeichnete. Bei meinem Erlebnis mit dem Meister hatte ich eine seltsame Blockade am Rande des Jenseits erlebt. Damals hatte ich geglaubt, ich könnte den Schmerz, der mit meinem Tod als Susan einherging, nicht aushalten. Heute fiel in mir zusätzlich der Groschen, wie sehr dieser Schmerz, zusätzlich zu Angst und Traurigkeit, auch Ärger enthielt. Das hatte ich bisher nicht auf dem Schirm gehabt. Mein Ärger war ein ungefühltes Gefühl, mit dem ich bisher nichts zu tun haben wollte. Da der Ärger unbewusst natürlich nicht weniger da war, schnitt er mich ab von der seltsamen Regenbogenenergie oder dem großen Ganzen oder dem Universum oder wie man es nennen wollte. Wenn ich den Ärger über meinen Tod bewusst durchstehen könnte und mich damit auseinandersetzen würde, wäre ich vermutlich immer noch abgetrennt. Wenn ich ihn zudem mit Akzeptanz behandeln und geduldig transformieren würde, so wie die Sehnsucht früher an diesem Tag, könnte ich vielleicht wieder in Verbindung kommen.

Ich bebte, weil mir diese Erkenntnis so logisch und idiotensicher vorkam. Mir war rätselhaft, warum ich sie nicht früher gewonnen hatte. Trotzdem blieb die eine große Frage: Wollte ich die Sache mit dem *Einswerden* überhaupt?

Der Rest des Vortrags wandte sich noch spirituelleren Themen zu, mir fiel es jedoch schwer, mich zu konzentrieren. Auf der letzten Folie der Power-Point-Präsentation des Dozenten prangte schließlich ein Zitat von Joseph Campbell:

„The goal of life is to make your heartbeat match the beat of the universe, to match your nature with Nature."

Für mich übersetzte ich still: Das Ziel des Lebens ist es, den eigenen Herzschlag mit dem des Universums in Einklang zu bringen. Ich seufzte, denn ich mochte diese Worte, allerdings hatte ich keinen Herzschlag mehr.

Kapitel 17: Weiße Kieselsteinchen

Nachdem der Referent geendet und einige Fragen gemeinsam mit seinen Zuhörern besprochen hatte, löste sich die Versammlung nach und nach auf. Während einige Menschen aus dem Publikum in den Frühsommerabend hinaus eilten, um ihren anschließenden Beschäftigungen nachzugehen, bildeten andere in der Halle vor dem Vorlesungsraum kleine Gruppen, die angeregt miteinander sprachen und Erkenntnisse austauschten.

Ich schwebte langsam hinaus und ließ mich von der inspirierten Stimmung tragen, deren Wellen sich um mich herum ausbreiteten und mich in ihren Bann zogen. Kurz fühlte es sich an, als ob alle bleibenden Besucher des vergangenen Vortrags auf einer Wellenlänge und im gleichen *Vibe*, quasi im Einklang miteinander, waren. Ich genoss diesen Zustand ungemein. Er erfüllte und durchflutete mich fast, wie das tragende, mitreißende Klingen der Kirchturmglocken. Ich fragte mich, ob es die Worte des Vortrags, der Sommerabend oder etwas anderes gewesen war, das diese seltsam einheitliche Stimmungswelle kreiert hatte. Es war mir zuvor bereits aufgefallen, dass dies mit Menschen geschah, wenn sie und ich über Stunden gemeinsam in einem Raum waren.

Verzückt fiel mir auf, wie sich die Grüppchen von Birte und Frau Warsa einander annäherten. Plötzlich hoffte ich inbrünstig, sie würden ein Gespräch miteinander beginnen. Ich schwebte über dem Szenario und fokussierte auf die beiden Personen, die ich so lieb gewonnen hatte. Die eine, als ich noch in einem lebendigen Körper durch die Welt spazierte, die andere, nachdem ich zu einer Seele geworden war. Gespannt beobachtete ich, wie die zwei in den Bewegungen der kleinen Grüppchen näher aufeinander zudrifteten und schließlich wirklich voreinander standen.

„Wie von Geisterhand gesteuert", dachte ich und lächelte über meinen eigenen Wortwitz. Natürlich maßte ich mir nicht an, die Bewegungen von Menschen steuern zu können, nichtsdestoweniger freute ich mich über diese Fügung.

Frau Warsa und Birte schienen einander zu sehen und sofort in Kontakt zu sein. Zwischen den beiden hatte es spürbar gefunkt, denn sie befanden sich unmittelbar in einem geistreichen Gespräch über die Thematik des Helfens und den Wunsch, für andere Menschen da zu sein.

Ich hörte, wie Birte eifrig ihre Meinung zu der Sache vertrat und argumentierte: „Wenn ich mit anderen Menschen spreche, um zu helfen, weil ich glaube, die Einstellung beziehungsweisen eine Handlung dieser Person sei falsch, dann ist es, als ob ich ein Problem, anstatt eines Werkzeuges sehe. Das Berichtete ist dann etwas Gefährliches, statt etwas Nützliches. Das fühlt sich an, als ob ich ein Messer an der Klinge anfasse. Es tut dann mehr weh, als es nützlich ist. Ich gehe dann nämlich davon aus, ich müsste etwas tun, damit es meinem Gegenüber gut geht. So vernachlässige ich jedoch, wie wertvoll der aktuelle Zustand meines Gesprächspartners ist. Außerdem begebe ich mich aus der Augenhöhe heraus in eine Position, aus der ich glaube, es besser zu wissen."

Frau Warsa horchte auf und hakte nach: „Meine Liebe, wenn ich das höre, löst es in mir Neugier aus. Kannst du mir sagen, wie gerade du es in deinem Job dann machst, wenn du anderen hilfst?"

Birte war in ihrem Element: „Also ganz klar hab ich das auch nicht immer. Ich versuche, bildlich gesprochen, das Messer umzudrehen. Das, was ich wahrnehme, probiere ich als ein nützliches Werkzeug und nicht als Problem zu sehen. Ich versuche, mich in eine innere Haltung zu bringen, in der ich gar nicht hilfreich sein muss. Ich habe keine Erwartungen und ich möchte im Kontakt erst mal nichts, außer da sein und Gehör schenken."

„Wow, interessanter Ansatz. Ich habe länger in einem Hospiz gearbeitet im letzten Winter und deine Worte passen gut zu dem, was ich für mich herausgearbeitet habe. Am Anfang habe ich dort geholfen, um die Situation der Menschen zu verbessern. Ich habe getröstet, Ratschläge erteilt und versucht, die unangenehmen Stimmungen zu reduzieren. Irgendwann habe ich stattdessen begonnen, mich authentischer auf Gespräche mit den Personen einzulassen, und dann fühlte es sich an, als würde ich aufrichtig in Verbindung mit ihnen kommen. Ich spürte, welche Weisheit sie im Angesicht des Todes in sich trugen und mein Respekt wuchs. Dies war der Zeitpunkt, zu dem ich begann, meine Sichtweise herumzudrehen. Es war, als hätte es innerlich *klick* gemacht. Diese Menschen brauchten, wie wahrscheinlich die meisten anderen Menschen auch, keine Verbesserungsvorschläge oder gar Trost. Ich sah plötzlich, wie wertvoll das Erleben, die Angst und die Trauer der Schwerkranken waren. Auf einmal half ich nicht wie bisher aus der Annahme heraus, etwas sei schlecht und müsse verbessert werden, sondern ich war da und beteiligte mich am Alltag der Menschen im Hospiz aus reiner Freude am Geben. Damit kam ich auf Augenhöhe mit den Leuten vor Ort. Seit diesem Augenblick ist es Teil meiner Morgenroutine, erst meine Stimmung anzuschauen, erst mit mir ins Reine zu kommen und dann an mein Tagewerk zu gehen. Ich kann nur für mich sprechen, aber es fühlt sich komplett anders an als früher. Damals habe ich Dinge getan, um mich dann entsprechend besser zu fühlen. Ich habe im Garten gearbeitet, um mich geerdet zu fühlen, bin Beziehungen eingegangen, um Geborgenheit zu erfahren, und habe geholfen, um hilfreich zu sein und letztlich, um mich selbst gut zu fühlen. Heute mache ich es andersrum."

Birte war berührt von diesen Worten, das sah man deutlich an ihren glitzernden, nachdenklichen Augen. Sie begann wiederzugeben, was Frau Warsa gesagt hatte, ihre Bedürfnisse nach Augenhöhe und Sinn zusammenzufassen und die zugehörigen Gefühle von Zufriedenheit und Gelassenheit einzuflechten. Das Gespräch entfaltete sich und andere Mitglieder der kleinen Gruppen schalteten sich zu. Schließlich floss der Gesprächsverlauf noch einmal in Richtung Birtes Beruf.

Frau Warsa fragte nachdenklich: „Birte, glaubst du, Therapeuten machen abhängig? Ich habe von Freunden gehört, die ohne ihre Therapeuten gar nicht mehr sein wollten. Die Therapie wurde zu einem festen Programmpunkt ihrer Woche und viele Themen wurden ausschließlich dort besprochen. Ich habe allerdings den Eindruck, bei dir könnte das anders sein. Ich hätte das ein oder andere Thema, das ich besprechen müsste, doch ich möchte nicht abhängig sein."

Birte überlegte konzentriert. „So was ist mir leider auch schon mit Patienten passiert, wobei es nie das Ziel war. Als ich angefangen habe zu arbeiten, musste ich erst für mich lernen, die Beziehung zu meinen Gesprächspartnern so zu gestalten, wie es letztlich hilfreich ist. Ich höre bei dir raus, du wünschst dir, deine Autonomie zu bewahren und handlungsfähig für dich zu bleiben. Hab ich das richtig verstanden?"

„Ja", rief Frau Warsa, „dann wäre es vielleicht einfach nur bereichernd, meine Themen mit jemandem im Außen zu teilen."

„Das kann ich gut nachvollziehen. Möchtest du hören, wie ich dazu stehe?"

„Selbstredend", meinte Frau Warsa und Birte setzte an:

„Ich versuche, das speziell in meine Therapien einfließen zu lassen. Ich übe, zuzuhören und nicht zu urteilen. Mich zuerst mit meinem Gegenüber zu verbinden und danach erst einen Vorschlag zu machen. Wenn mir das gelingt, dann hat es bisher dazu geführt, dass Menschen, die gehört werden wie sie es brauchen, sich selbst begegnen können. Und jemand, der sich selbst begegnet, kann sich besser kennenlernen. Damit wird Stück für Stück der Therapeut überflüssiger und der Gesprächspartner eher unabhängiger als abhängiger."

An dieser Stelle klinkten sich andere Zuhörer aus der Gruppe erneut ein, stellten Fragen und schilderten eigene Erfahrungen. Ich sah jedoch, wie es in Frau Warsa arbeitete. Es wirkte, als hätte meine junge Mitbewohnerin eine Tür in ihr aufgestoßen. Ich fühlte mich kribbelig und stellte mir die Frage, wohin dies führen würde.

Als ich hinaus segelte in die Nacht, fühlte ich mich plötzlich seltsam leer und taub. Im nächtlichen Wald vor der Stadt hielt ich inne und verweilte in der Krone einer Buche, die mit ihrer glatten Rinde und den ausladenden Ästen die kleinen Buchen um sich herum überragte. Sie wogte sanft in der nächtlichen Brise und mein komisches Gefühl wurde stärker. Ich ließ es gewähren, fühlte sorgfältig hin, benötigte aber trotzdem einige Stunden, bis es sich in aller Klarheit zeigte.

Es war Wut auf mich selbst. Wut darüber, als Susan nicht meine Zeit besser genutzt zu haben, nicht kostbarere Gespräche geführt zu haben, nicht intensiver gefühlt zu haben. Ich hieß meine Wut willkommen, wie ich es selten zuvor getan hatte, denn ich verstand, wie wichtig sie für mich war. Beinahe im selben Augenblick wandelte sie sich zu abgrundtiefer Traurigkeit. Einmal entdeckt, schlug diese wohlbekannte alte Freundin ganz schön um sich. Ich trauerte darum, Birte nicht zu Lebzeiten gekannt zu haben. Das Gespräch, bei dem ich heute Zeuge geworden war, nicht früher gehört zu haben, als ich noch hätte mitreden können. Meine Trauer bezog sich auf all die nicht geführten Dialoge, die nicht gelebten Kontaktmöglichkeiten, auf alles, was ich im Leben verpasst hatte.

Als Susan hatte ich mir oft gesagt: „Ich esse noch diesen einen Schokopudding, man gönnt sich ja sonst nichts."

Heute begriff ich, wie wenig mir *mehr von demselben*, mehr Schokopudding, mehr Geld, mehr angetrunkene Abende mit Freunden in einer Diskothek, gebracht hatten. Voller Reue und Wehmut wünschte ich mir, stattdessen andere Dinge getan zu haben. Andere Dinge, wie authentische Gespräche, stille Meditationen oder das Gehen unerforschter Wege.

Dann merkte ich, wie hart ich da mit mir selbst ins Gericht ging. Ich beschloss, diesen traurigen Anteil, der sich so durchdringend penetrant zeigte, lieb zu haben und anzunehmen. Das wiederum verwandelte die Trauer prompt in Sehnsucht und die Sehnsucht in Dankbarkeit für meine Erkenntnisse und für alles, was ich, als Susan, eben doch hatte erleben dürfen. Ich erinnerte mich an eine Reise zu einem stillen Strand mit kleinen weißen Kieselsteinchen, an das Geräusch, das die Wellen machten, wenn sie die Kiesel umströmten und an den Geruch von Seetang, Algen und Salz, der damals in der Luft gehangen hatte. Wenn ich dieses Aroma auch nie wieder riechen konnte, wusste ich nicht weniger, es war damals da gewesen und ich hatte es geliebt, obwohl es ein bisschen eklig roch.

„Manche Gerüche sind wie Gefühle", sinnierte ich. „Zuerst sind sie fast widerlich, erst wenn man eingehender hinriecht, verlieren sie erst ihren Schrecken und werden dann sogar fast angenehm." Ein Teil von mir entschied, irgendwann zurückzukehren an diesen einsamen Kieselstrand, in das kristallklare Meer zu tauchen und alle Steine dort sorgsam zu betasten.

Angefüllt mit den Erinnerungen und einer Sättigung, die sich in mir ausbreitete, wenn ich einem Gefühl oder einer Emotion den Raum gegeben hatte, den sie benötigte, flatterte ich über die Baumwipfel in die Wohnung zurück. Die Fenster waren für die Nacht eine Handbreit geöffnet und eine zarte Brise zog durch die hohen Räume. In der Küche lief leise gluckernd die Spülmaschine und silbriges Mondlicht fiel durch ein Fenster im Wohnzimmer.

Ich saugte das Gefühl von Frieden und Ruhe in mir auf und waberte zu Dottys Urne, um still an meine alte Freundin zu denken. Ich wollte ihr von einem Detail berichten, das mir vom vergangenen Tag deutlich in Erinnerung geblieben war: Den Blick, den Soki, der das Gespräch von Frau Warsa und Birte aus der Ferne beobachtet hatte, der jungen Psychologin zugeworfen hatte. Ich kicherte, als ich daran zurückdachte. Solche Blicke kannte ich durchaus noch von früher.

Kapitel 18: Endlich

Der frühe Morgen wartete mit frischer Luft und einer pink leuchtenden Morgendämmerung auf, die allerdings schon leise erahnen ließ, dass der Rest des Tages keineswegs kühl oder erfrischend werden würde. Ich spürte die Wärme der Sonnenstrahlen, als ich hinaus segelte und genoss völlig unbewusst die wonnige Mischung aus Kühle und sich ankündigender Hitze, noch bevor ich bemerkte, was ich da tat.

Als ich entdeckte, wie tief ich mich mitten in einer Temperaturwahrnehmung befand, war mein erster Gedanken: „Oh du liebe Güte, ich fühle Wärme, ich kann endlich wieder ein heißes Bad nehmen!" Zynisch murmelte ich zu mir selbst: „Offensichtlich hätte ich durchaus Gründe, meine Prioritäten einmal zu überdenken."

Ich war gehörig erstaunt über diese Sinneswahrnehmung, denn Wärme zu fühlen, war mir bisher als Seele nicht möglich gewesen. Sie fühlte sich gleichzeitig unbekannt und vertraut an und ich war vorsichtig freudig über ihr Auftreten. Zwar verstand ich nicht, wieso es ausgerechnet jetzt machbar wurde, Wärme zu empfinden, ich sah aber auch keine Notwendigkeit darin, über das *Warum* der Erscheinung meiner neuen alten Fähigkeit zu philosophieren. Viel lieber wollte ich sie unbedarft annehmen, sie gar nicht als etwas Besonderes sehen, sondern sie wertschätzen, wie alle meine anderen Fähigkeiten auch.

„Bloß weil etwas neu ist, muss es nicht besser sein", widersprach ich leise einer Hauptfigur von Susans damaliger Lieblingsserie, die postuliert hatte, Neues sei grundsätzlich besser als Altes.

Ich surrte durch die Luft über der Stadt und machte mich dabei lang und schmal, wie ein Pfeil. Es machte mir Spaß, mich durch die Flussbrücken zu schlängeln, den angerauten Marmor meiner Lieblingsbrücke zu umstreichen und mich treiben zu lassen.

Auf einmal kam mir in den Sinn, Birte heute mit in die Praxis zu begleiten. Ich war verblüfft von mir und diesem Einfall. Der Vortrag, auf den ich ihr gefolgt war, lag etwa zwei Wochen zurück und seitdem waren wir nicht viel miteinander unterwegs gewesen. Der spontanen Eingebung, heute mit zu den Praxisräumen zu kommen, wollte ich jedoch nachkommen.

So machte ich mich auf den Weg durch die morgendliche Stadt, sauste an der Konditorei vorbei und breitete mich in der Teeküche von Birtes Praxis aus, noch bevor sie selbst dort ankam. Die anderen Bewohner des Hauses, in dem sich die Praxis befand, waren bereits zu ihrem Tagewerk aufgebrochen, deshalb herrschte eine herrliche Stille. Es wirkte auf mich, als würde der sonst geschäftige Arbeitsplatz meiner Mitbewohnerin noch schlafen.

Schließlich öffnete sich mit einem leisen Klicken des Schlosses die Fronttür und Birte schlenderte leise summend herein. Sie warf den Teekocher und ihren Computer an, öffnete die Fenster, um die Morgenluft hereinzulassen und nahm auf ihrem Schreibtischstuhl im Büro Platz, um die anstehenden Sitzungen des Tages vorzubereiten. Sie hatte dafür drei Akten aus dem abschließbaren Schrank in der Ecke des Büros gezogen. Die oberste, die sie zuerst öffnete, war sehr dünn und beinhaltete lediglich das obligatorische Datenblatt für die privaten Angaben der Patienten. Ihr erster Termin würde also ein Erstgespräch sein, schloss ich. Diese mochte ich besonders, weil ich in ihnen so viele Informationen gebündelt über eine Person erfahren konnte.

Um Punkt 10 Uhr klingelte es an der Tür. Birte öffnete und Frau Warsa trat ein. In mir zog sich abrupt alles zusammen. Ich freute mich, wie gewohnt, über das Wiedersehen, dennoch legte sich eine Vorahnung auf mich, wie eine dünne, ölige Schicht Creme. Etwas in mir schien es nicht gutzuheißen, in der Praxis zu sein, ein wackeliges Gefühl der Unsicherheit beschlich mich. Auch rein rational hatte ich Zweifel, ob ich das Gespräch meiner alten Mentorin mit Birte belauschen durfte. Einerseits wollte ich zu gerne verfolgen, wie sich die Beziehung dieser beiden Menschen vertiefte, andererseits war es mir wichtig, Frau Warsas Privatsphäre zu respektieren und sie nicht zu bespitzeln. Ich beschloss zu bleiben, mir allerdings die Option offenzuhalten, zur Konditorei zu schweben, sollten die Inhalte der Sitzung zu brisant werden.

Birte erklärte Frau Warsa zur Eröffnung, es handele sich um keine klassische Therapie, dies sei aufgrund des privaten Kontaktes der beiden nicht möglich. Sie erläuterte, warum sie trotzdem eine kleine Akte anlegte und Notizen machen wollte. Es war schnell ersichtlich, dies würde eher ein freundschaftlicher Austausch mit gewissem Tiefgang, als eine Psychotherapie werden, womit sich beide Gesprächspartner einverstanden erklärten.

Nun eröffnete Birte den Gesprächsraum für Frau Warsa mit einer offenen Frage: „Was führt dich heute zu mir?"

„Lass mich kurz meine Gedanken ordnen und überlegen, wo ich anfange", sagte Frau Warsa, atmete durch, schwieg noch einen weiteren Atemzug und setzte dann an: „Ich kannte einmal eine junge Frau und ihre Geschichte geht mir bis heute nah. Ich habe mit ihr zusammengearbeitet und viele Projekte gemeinsam mit ihr gestemmt. Es war immer eine äußerst positive, wertschätzende Zusammenarbeit, die mich inspiriert hat und mir Aufwind gegeben hat. Sie war eine von diesen jungen Personen, die meine langjährigen Erfahrungen in ihren modernen Kreativitätsprozess einflechten konnte und so intuitiv mein Wissen und ihres kombinierte. Sie konnte motivieren und steckte mit ihrer strahlenden Lebensfreude oft das ganze Arbeitsteam an. Ich habe gerne mit jungen Leuten zusammengearbeitet, aber sie war etwas Besonderes für mich, weil ich viel von mir selbst in ihr gesehen habe."

Frau Warsa stockte und versank in ihre Gedanken. Birte blickte sie ruhig an und wartete, in ihren Sessel zurückgelehnt, ab. Sie gab ihrem Gegenüber die Zeit, sich innerlich zu ordnen, und schien zu spüren, wie schwer die Geschichte, die folgen würde, Frau Warsa auf der Seele lag.

Nach einigen Minuten nahm Letztere die Erzählung erneut auf: „Ich beschloss, im letzten November meinen Berufsalltag zu verändern und mich künftig Rentnerin zu schimpfen. Diese Entscheidung fiel mir nicht leicht, denn ich liebte meinen Beruf, ich mochte den Austausch mit meinen Mitarbeitern und weiß heute, ich habe mein Leben mit etwas gefüllt, das mir großen Spaß und häufig auch Sinn gegeben hat. Gar nicht die eigentliche Tätigkeit selbst, sondern das Umfeld, mit dem ich mich umgeben habe. An dem Tag, an dem ich mich entschloss, meinen Renteneintritt den Mitarbeitern und Kollegen zu verkünden, erhielt ich am Morgen einen Anruf auf meinem Diensthandy. Ich weiß bis heute, wie ich beim Annehmen des Anrufs zögerte, als hätte ich auf seltsame Art gewusst, was kommen würde."

Wieder unterbrach sich Frau Warsa in ihren Bericht, blickte aus dem Fenster und atmete in den Bauch. Als sie fortfuhr, glänzten Tränen in den sonst so vergnüglich strahlenden grauen Augen. „Am anderen Ende der Leitung befand sich die Mutter der jungen Frau, von der ich eben berichtet hatte. Kurz war ich erfreut, weil ich auch diese junge Dame auf meiner Anrufliste gehabt hatte, um ihr heute von meinen Rentenplänen zu berichten. Erst im zweiten Moment kam es mir seltsam vor, ihre Mutter zu sprechen und im dritten Moment bemerkte ich die Schwere, die in deren Stimme lag. Die Mutter bat mich, mir Zeit zu nehmen und berichtete dann, ihre Tochter sei am vergangenen Wochenende mit einer Freundin zum Feiern in eine Bar in der Stadt gegangen. Von ihrer damaligen Wohnung zu dieser Kneipe seien es knapp zehn Fußminuten gewesen, bloß habe die Freundin viel Alkohol getrunken. Susan habe daher beschlossen, ihre Begleiterin im Taxi nach Hause zu eskortieren."

Ein wenig hatte ich mir zuvor gewünscht, dass Frau Warsas wertgeschätzte Mitarbeiterin Susan gewesen war. Bescheiden hatte ich diese Idee sofort verworfen. Nun, als ich meinen alten Namen hörte, stockte ich. Frau Warsa weinte leise und mich traf es wie ein Schlag in den Bauch. Viel zu spät hatte ich begriffen, was geschah.

Meine Intuition hatte mich heute an diesen Ort gebracht. Meine innere Eingebung hatte mich in die Praxis gezogen, das wusste ich und ich fühlte mich furchtbar verraten und verletzt, empfindsam und aufgerieben. Wie gelähmt hing ich über der Szene, nicht fähig, mich zu bewegen oder etwas anderes zu tun, als die Woge aufbrechender Gefühle in mir wahrzunehmen.

Die Sekunde, in der mir aufging, dass ich gerade die Geschichte meines eigenen Todes hörte, würde mir noch lange in Erinnerung bleiben. Dieses krasse Gefühl der absoluten Konfrontation mit dem elementarsten, existenziellsten Inhalt, dem größten Angstauslöser überhaupt. Ich wusste, ich musste eine Entscheidung treffen. Ich konnte bleiben, den Rest der Geschichte hören und mich mit mir auseinandersetzen oder abhauen. Noch könnte ich verschwinden, ohne dem Regenbogenjenseits zu nahe gekommen zu sein. Doch etwas in mir wusste bereits, diesmal würde ich bleiben, zuhören und hinfühlen wollen. Zwar war ich keineswegs bereit dafür, aber ich erlebte eine stille Gewissheit, die keine rationalen Argumente brauchte, dass es so weit war. Also blieb ich und Frau Warsa erzählte mit tränenerstickter Stimme die Geschichte eines Unfalls ... meines Unfalls.

„Susans Mutter berichtete mir, es sei ungeklärt, was genau geschehen sei. Das Taxi sei auf dem Weg zur Wohnung der Freundin von der Straße abgekommen, habe sich überschlagen und sei auf dem Dach liegend zum Stillstand gekommen. Taxifahrer und Freundin waren unverletzt geblieben. Ihre Tochter hingegen sei mit schweren Verletzungen ins nächste Krankenhaus eingeliefert worden. Dort sei es zu Verzögerungen gekommen und die schließlich eingeleitete Notoperation habe sie nicht überstanden. Ich habe in der letzten Zeit und auch zuvor in meinem Leben oft den Tod gesehen. Ich weiß, wie selten Böses in ihm liegt. Ungeachtet davon lässt mich dieser Unfall einfach nicht los. Manchmal ist es, als würde Susan direkt vor mir stehen und mir mit ihrem strahlenden Lachen die Welt erklären."

Zuerst überkam mich eine irre Wut auf den Taxifahrer, die Ärzte, meine betrunkene Freundin und mich selbst. Ich nahm mich als eins wahr mit meiner ehemaligen lebendigen Hülle namens Susan. Und ich war so verdammt wütend auf sie. Wieso hatte sie nicht ihren blöden Helferkomplex beiseitelegen können? Hätte die Freundin schauen sollen, wie sie nach Hause kam! Ich schwamm in meiner Wut wie in einem See aus Lava. In mir blubberte und schäumte, kochte und brodelte es. Immer gewaltiger kam auch der Ärger zum Vorschein. Er äußerte sich in bedrückenden Vorwürfen mir selbst und allen Beteiligten gegenüber. Ich hatte einen Plan, wusste, wie ich mit diesem Gefühl umgehen wollte, und doch fiel es mir unendlich schwer, es zuzulassen. In diesem Zustand verharrte ich eine ungeheuer lange Weile, blendete den Rest der Welt aus und verweilte bewusst bei mir selbst.

Dann, plötzlich, schlugen meine Ärgergefühle schließlich um zu erstickender Verzweiflung. Mit dieser kamen auf einen Ruck meine eigenen Erinnerungen an die beschriebene Nacht zurück. Ich erinnerte mich daran, wie panisch der Taxifahrer versucht hatte, sein Fahrzeug unter Kontrolle zu bekommen.

Auch meine Todesangst tauchte glasklar in meinem Gedächtnis wieder auf. Mich zog es ruckartig zusammen bei dem Gedanken an dieses letzte und schreckliche Gefühl. In mir flimmerte es und ich hatte Mühe, bei Bewusstsein zu bleiben. Beinahe wünschte ich mir eine Ohnmacht, um aus diesem Horror herauszukommen. Ich sehnte den Zustand der Ruhe und Leere nahezu herbei.

Dann wisperte etwas leise in mir mit Birtes weicher Stimme: „Hab Vertrauen." Ich seufzte und ergab mich in meine Angst, ließ die Emotion fließen und mich umspülen.

Erst nach einer gefühlten Ewigkeit bemerkte ich die Traurigkeit, die neben mir stand. Die kleine alte Frau mit den riesigen blauen Augen sah mich mitfühlend an, lächelte sanft und meinte nur: „Endlich."

Kapitel 19: Ich weiß nicht, wozu irgendetwas gut ist

Während meines Gefühlsausbruchs, den ich im Nachhinein so betitelte, weil er sich angefühlt hatte wie ein Vulkanausbruch, hatte ich mich ununterbrochen darauf gefasst gemacht, die regenbogenfarbenen Nordlichter des Jenseits zu erblicken. Ich hatte erwartet, wenn ich mich mit Susans Tod eingehend auseinandersetzte, würden sie über mir rasch und unmittelbar zu leuchten beginnen. In meiner Fantasie hatten sie mich magisch angezogen, wie damals beim Reiki-Meister, und ich hätte dem Zug irgendwann nicht widerstehen können. Ich hatte mir vorgestellt, dann keine andere Wahl zu haben, als dem Regenbogenbrei beizutreten und eins zu werden mit den anderen Seelen, die dann keine anderen mehr sein würden.

Ein Teil von mir hatte große Angst davor, dass dies automatisch passieren würde, ein anderer Teil fand es seltsam erstrebenswert, keine Wahl zu haben. Die Idee, sich nicht entscheiden zu müssen, war mindestens so bedrohlich, wie sie erleichternd war.

Als Susan hatte ich einmal einen Bekannten gehabt, der in einer Beziehung lebte, die über lange Zeit in ihren Mustern gefestigt war. Es lief nicht gut und nicht schlecht.

Einmal hatte er gesagt: „Ich wünsche mir beinahe ein Ereignis herbei, das mich zwingt, die Beziehung zu beenden und mir die Entscheidung abnimmt. So wie es ist, habe ich keinen Grund für eine Trennung. Wie sollte ich sie dann vor mir oder anderen rechtfertigen?"

An diesen Bekannten dachte ich jetzt, denn mit mir verhielt es sich ähnlich. Ich wünschte mir, die Wahl, zu gehen oder zu bleiben, nicht treffen zu müssen, sondern einfach in die Regenbogenfarben eingesogen zu werden. Ich wollte eine Situation, in der Widerstand zwecklos war. Es lief allerdings vollkommen anders.

Mich mit meinem eigenen Tod auseinanderzusetzen war das Härteste, was ich jemals getan hatte. Es hatte mich innerlich verändert, dem ungeachtet war ich weiterhin als Seele in der Welt unterwegs.

Die Traurigkeit hatte mich durch die Tage nach meinem Ausbruch begleitet. Nach dem Gespräch von Frau Warsa und Birte hatte ich sie gebeten zu bleiben, um mir zu helfen, mich mit meinem Tod auseinanderzusetzen. Ich fühlte, es war an der Zeit, und damit kamen langsam aber sicher alle Erinnerungen zurück.

Die Erinnerung daran, wie der Taxifahrer einem riesigen Hirsch ausgewichen war, der in meinem Rückblick seltsamerweise leuchtend, hell und weißlich schimmernd auf der nächtlichen Straße gestanden hatte, und die Erinnerung an meine Ankunft im Krankenhaus.

Ich hatte keine Ahnung, wie es meine Mutter geschafft hatte, doch sie musste noch vor dem Krankenwagen dort angekommen sein. Sie war bei mir gewesen, bis sich die Aufzugstür auf dem Weg zum Operationssaal schloss. Der Schmerz darüber, sie zurückgelassen zu haben und ihr nicht sagen zu können, wie gut es mir ging, durchfuhr mich wie ein sengender Blitz.

Meine Selbstvorwürfe und Urteile über den Umgang mit meinem Leben und über meinen letzten lebendigen Abend drohten zwischenzeitlich, mich zu ersticken. Die Traurigkeit half mir geduldig und fürsorglich Stück für Stück, einen Umgang damit zu finden.

Dottys Seele besuchte mich in diesen Tagen und hörte mir ebenfalls einfühlsam zu. Ich wusste, es war für Seelen nicht machbar, geplant zu einer anderen Seele zu kommen. Wir konnten uns nicht zu einer Zusammenkunft verabreden und so war ich umso dankbarer, Dotty zu sehen und mit ihr sprechen zu können. Es wunderte mich allerdings, sie jenseits des Jenseits anzutreffen, da ich dafür garantiert hätte, dass sie nach unserem letzten Gespräch in die Regenbogenfarben einge- taucht war. Der Austausch mit ihr über meine Gefühlswelt half mir, zunehmend zu heilen.

Nach und nach fühlte ich alles, was es zu fühlen gab, jede einzelne Facette, und verstand mich mehr und mehr. In mir setzten sich mein Fühlen, meine Erinnerung und das, was ich als Susan erlebt hatte, wie ein Puzzle zusammen zu einem vollständigen Bild, das ich zögerlich zu akzeptieren begann und sogar langsam lieben konnte.

Birte hatte geweint in ihrem Gespräch mit Frau Warsa, erinnerte ich mich. Ich hatte sie noch nie, in keiner Therapiesituation und bei keiner Schilderung ihrer Patienten, weinen sehen. Ab und an verdrückte sie ein Tränchen der Rührung, wenn sie Fortschritte bei ihren Patienten bemerkte oder wenn diese ihr Dankbarkeit entgegenbrachten. Ein Inhalt, ein Trauma oder Geschehnisse aus dem Leben ihrer Gesprächs- partner hatten sie hingegen nie so sehr berührt.

Am Ende von Frau Warsas Schilderung hatte sie mit tränenerstick- ter Stimme gesagt: „Ich weiß nicht, was in mich gefahren ist, bitte ent- schuldige mein Weinen und meinen Kummer. Wenn du das erzählst, fühlt es sich für mich an, als würdest du von einer alten Bekannten - nein, eigentlich von einer Freundin - berichten und nicht von einer mir rundum Fremden. Frag mich nicht, wieso. Ich fühle mich Susan unglaublich verbunden."

Das hatte mich wiederum berührt und ich fühlte mich Birte so nah wie noch nie zuvor. Mir schwante: Etwas in ihr schien mich zu spüren.

Hätte ich Tränen gehabt, hätte ich sie geweint. In diesem Moment hatte ich Salz geschmeckt. Der reine, unbeschreibliche Geschmack von Tränen war in mir entstanden. Mit jedem Tag meiner Verarbeitung kehrte die Fähigkeit zu Geruch und Geschmack stabiler zu mir zurück. Ich legte mich um Birtes Kaffeetasse am Morgen und roch das schokoladige Röstaroma. Auch die Wahrnehmung von Wärme und Kälte kehrte zuverlässiger zurück. Es gelang mir, die gespeicherte Wärme der Steine der Flussbrücke am Abend wahrzunehmen und die Kälte des Kühlakkus, den sich Birte auf die Stirn legte, als sie Kopfschmerzen hatte.

Irgendwann in dieser intensiven Zeit fühlte ich, wie sich in mir etwas löste. Eine Art Blockade zerbrach und eine nie gekannte Energie durchströmte mich.

Als sich die Traurigkeit schließlich von mir verabschiedete, fühlte ich mich komplett. Trotz allem ließen die flackernden Lichter auf sich warten. Häufig blickte ich nach oben und fragte mich schließlich, ob meine Annahme falsch gewesen sei. Eventuell war meine Verarbeitung nicht das, was nötig war, um mich ins Jenseits zu verfrachten. Ich war verwirrt und bestürzt, war ich mir vorab so sicher über meine Theorie zu meiner Verschmelzung mit dem Farbenspiel gewesen. Ich hatte Erfahrungen gesammelt, aus denen die blütenreine Vorstellung hervorgegangen war: Wenn ich Susans Tod verarbeitete und mich mit ihm in seinen Einzelheiten konfrontierte, würde ich in die Regenbogenenergie aufgenommen werden. Aber nichts geschah, außer, dass meine Sinne mit zunehmender Verarbeitung zurückkehrten und ich unentwegt bewusster wurde bezüglich meiner Erinnerung und Wahrnehmung.

Nach dem Aufbruch der Traurigkeit breitete ich mich über Dottys Urne aus, um einzuschlafen. Nie zuvor war ich derartig müde gewesen. Der Traum, der sich unmittelbar zu entspinnen begann, war diesmal anders als vorige Träume, denn ich war dabei bei vollem Bewusstsein.

Ich befand mich auf einer hohen Klippe, die jäh in einen endlosen Ozean abfiel. Über mir leuchtete eine Vielzahl kleiner silberner Sterne und ich fühlte den Wind, der vom Meer her die salzige Luft übers Land pustete. Und dann sah ich sie. Die große Energie, die ich schon vom Tod des alten Mannes im Hospiz und natürlich von Dottys Dahinscheiden kannte. Sie waberte über mir, wie strahlend helle, bunte Nordlichter.

Unwillkürlich blickte ich auf den Energiekanal, der von ihr abzweigte und sich bis zu mir fortsetzte. Ich sah meine Verbindung zu dieser großen Energie.

Dann ließ ich meinen Blick schweifen und hinter mir auf der Klippe erschien der weiße Hirsch, dem der Taxifahrer auf Susans letzter nächtlicher Fahrt ausgewichen war. Auch er war mit der großen Energie durch eine Art Kanal verbunden.

Ich beschloss, als träumende Seele auf die Reise zu gehen, und sah Birte, wie sie ihr Abendessen einnahm. Auch von ihr ging die Verbindung zu den Regenbogenfarben ab, wie auch von Soki, den ich auf einem Spaziergang durch den Wald erblickte und von Frau Warsa, die in ihrem ländlichen Zuhause ein Buch las. Ich fragte mich, wieso mir diese Verbindungen zu einer gemeinsamen Quelle zuvor nie aufgefallen waren.

Bisher hatte ich jeden Menschen als einzelnes Individuum wahrgenommen, nun sah ich, wie alle miteinander verknüpft waren. So richtig konnte ich mir keinen Reim darauf machen. Da mir glücklicherweise klar war, dass ich träumte, beschloss ich, mir einen Ratgeber herbei zu träumen. Schließlich war es mein Traum und ich konnte bestimmen, was geschah.

Ich wählte sorgsam und es klappte: In meinem Traum erschien mir Luan. Die Seele, die ich von der alten Burg kannte, segelte zu mir, wie ein Löwenzahnsamen, der im Sommerwind über eine Wiese geweht wurde, und sagte leichthin: „Wie schön, dass du den Weg hierher gefunden hast."

Ich war ausgesprochen stolz auf mich, meinen Traum derart bewusst steuern zu können, und fragte: „Luan, ich weiß, du hast so viele Erkenntnisse gesammelt bezogen auf das Jenseits. Hast du eine Ahnung, was hier passiert?"

Luan gluckste leise und meinte dann schelmisch: „Jap."

Ich wurde langsam ungeduldig und bohrte: „Was hat das dann zu bedeuten? Ich verstehe nicht, was ich sehe." Ich deutete auf die Lichter über dem Meer.

Mein Gegenüber dehnte sich aus und setzte dann an: „Doch Robin, du verstehst genau, was passiert. Du verstehst es spätestens, seit du die Angst kennengelernt hast, aber du beginnst erst jetzt zu erkennen, was es bedeutet. Wir sind alle eins. Ich weiß, du fühlst dich, als ob du die wichtigste Entscheidung deines Lebens und Sterbens triffst, aber wach auf!"

Ungünstigerweise tat ich exakt das. Ich verlor meine Kontrolle über den Traumzustand und erwachte, bevor ich Luan tiefergehend befragen konnte.

„So ein blöder Mist", murmelte ich noch, bevor ich völlig aufwachte. Ich begann zu grübeln und überlegte viele Stunden, wie ich die Farben des Jenseits wiederfinden sollte, wie ich zu ihnen hinaufgelangen könnte und wohin die Verbindung verschwunden war, die ich in meinem Traum unbestreitbar gesehen hatte. Vor allem fand ich mich wieder gefangen in der Frage, was das Richtige für mich war. Wollte ich weiter als Seele existieren oder nicht? Nichts ist so energieraubend, wie eine nicht getroffene Entscheidung und daher war ich wirklich erschöpft, als der Morgen graute.

Ich breitete mich nachdenklich über dem Küchentisch aus, spürte die aufgehende Morgensonne und nahm all ihre Wärme in mir auf. Dann zog ich nochmals ein Resümee über das, was ich herausgefunden hatte:

Ich hatte meine Empfindungen durchgearbeitet und Zeit mit jedem einzelnen Gefühl verbracht. In meinem Traum hatte ich einen Zugang von mir und von allen anderen Wesen zum Jenseits gesehen. Ein Teil in mir wollte sich einfach in dieses unbekannte Jenseits fließen lassen, den Kanal zu der großen Energie entlanggleiten und mich vereinen mit den Farben. Ein anderer Teil wollte bleiben, wollte Robin sein. Mir war schleierhaft, ob ich zurückkehren konnte, wenn ich mich einmal restlos gehen ließ und eins wurde. Etwas in mir war wütend, einen Entschluss fassen zu müssen, ohne die Konsequenzen, die daraus erwachsen würden, zu kennen.

Dann überlegte ich laut: „Eigentlich ist es bei jeder unserer Entscheidungen so: Wir malen uns aus, die Folgen zu kennen, doch im Grunde haben wir keine Ahnung, wohin uns eine Wahl führt, wenn wir sie treffen. Wir glauben fest daran, kontrollieren zu können, in welche Richtung unser Weg führt, aber letztlich haben wir keinen blassen Schimmer, wozu irgendetwas gut ist." Dieser Gedankengang half mir akut relativ wenig. Um es salopp zu sagen, kotzte es mich an, nicht zu wissen, wie es weitergehen könnte. Ich trat auf der Stelle und fühlte mich gefangen in meinem Unwissen.

Dann wiederholte ich meinen letzten Gedanken und es fiel mir wie Schuppen von den Augen. Ich schmunzelte und nahm schließlich diesen meinen Zustand der Ratlosigkeit komplett an.

Beschwingt rief ich: „Ich weiß nicht, wozu irgendetwas gut ist." Statt damit verzweifelt zu sein, enthielten diese Worte für mich plötzlich die Klarheit, die ich die beständig gesucht hatte. Ich wurde ruhig, akzeptierte mein Gefühl der unwissenden Ratlosigkeit, horchte nach innen und begann all meine Fragen abzugeben an etwas, das ich schon immer kannte und dem ich doch jetzt erst wieder neu begegnete.

Meine innere Stimme, die von meinen rationalen Gedanken bisher begrenzt und zum Schweigen gebracht worden war, plapperte laut, deutlich und entschieden gut gelaunt vor sich hin und gab mir unmissverständlich alle Antworten, die ich so lange mit meiner Vernunft hatte finden wollen.

Dann gönnte ich mir viel Zeit, um diesem inneren Teil meiner selbst zu lauschen. Ich wuchs mit mir zusammen und heilte die letzten offenen Wunden. Robin und Susan wurden eins und ich wurde eins mit allem um mich herum. Ich übte all meine Unklarheiten abzugeben. Nie zuvor hatte ich mich auf diese Weise im Einklang mit der Welt, all ihren Wesen und mit mir gefühlt.

Ich erinnerte mich, die seltsame Regung der Einheit auch beim Reiki-Meister erlebt zu haben. Triumphierend entfuhr mir ein: „Aha!" Einheit war also der Weg ins Jenseits. Um diese Einheit mit mir zu erfahren, hatte es zwar vorneweg die Bearbeitung meiner Gefühle gebraucht, diese war jedoch nicht der letzte wichtige Schritt gewesen. Es ging viel mehr um die Bereitschaft, die Vernunft loszulassen und aufzuhören, emotionale Fragen rational lösen zu wollen.

Wie auf Zuruf begannen über mir erst vage, dann stärker werdende Farben wie Nordlichter zu leuchten. Ich spürte ihr Ziehen an mir und sah meine Verbindung zu ihnen.

Der Ausgang aus dieser Welt lag vor mir und in mir zugleich. Er hatte all seinen Schrecken verloren und ich wusste intuitiv, was zu tun war.

In diesem Augenblick traf ich meine Entscheidung ohne Zweifel und in völliger Gewissheit.

Ich blieb.

Epilog

Ich schaukelte in der Krone des alten Apfelbaums im Garten meiner ehemaligen Mentorin Frau Warsa. Das Laub an den Zweigen begann sich langsam in den Farben des Herbstes zu zeigen und eine Biene summte geschäftig durch mich hindurch.

Aus der Küche schwebte der betörende Geruch von frischem Apfelkuchen mit Zimt zu mir hinüber und ich genoss in Stille diesen Moment der Fülle.

Glückselig schaute ich nach oben in den grauen Himmel und sah strahlend das regenbogenfarbene Flackern aufleuchten. Wie ich angenommen hatte, kam es zuverlässig auf, wenn ich die Einheit von allem um mich herum bewusst wahrnahm und in Harmonie mit mir selbst war.

Mein Zustand auf dieser Erde würde nicht ewig so sein, wie er gerade war, das hatten mich die letzten Monate, die voller Wandel und Veränderungen gewesen waren - und das, obwohl ich bereits tot war - gelehrt. Aber wer hatte überhaupt die Idee gehabt, Dinge seien nur gut, wenn sie für immer seien?

Ich wollte im Hier und Jetzt sein und mich von meinen neuen Herausforderungen und Aufgaben als wissende Seele, wie ich mich seit meiner Entscheidung, auf dieser Welt zu bleiben, nannte, überraschen lassen. Ich fühlte alle meine Gefühle und hatte sie alle lieb und ich konnte alle meine Sinne nutzen.

Kurz ließ ich mich zu der Plattitüde hinreißen: Und die Moral von der Geschicht', das Leben schmeckt ohne Gefühle nicht. Dann erinnerte ich mich daran, ja gar nicht lebendig im eigentlichen Sinne zu sein, und musste lachen.

Ein böiger Ostwind kam auf und während ich so lustig in den Ästen des Apfelbaums schaukelte, trieb eine Wolkenfront über den spätsommerlichen Himmel auf Frau Warsas Haus zu. Ich freute mich auf den Regen und gleichzeitig kitzelte mich eine Vorahnung, ein zarter Gedanke, dass etwas oder vielleicht auch jemand, nicht ganz einverstanden mit meinem Verweilen auf dieser Welt war.

Danksagung

Diese ganze Geschichte wäre wahrscheinlich niemals entstanden ohne Nino. Ein „Danke" reicht an dieser Stelle deshalb eigentlich nicht aus, um klarzumachen wie sehr er, durch seine Inspiration und Unterstützung, an diesem Werk mitgewirkt hat.

Du hast als Erster die Worte dieser Geschichte gelesen, als sie noch ganz ungeschliffen waren. Vom ersten Moment an hast du an sie geglaubt und mir mit Rat und Tat zur Seite gestanden. Ich kann gar nicht sagen, wie unglaublich dankbar ich für deine Ideen, deinen Rückhalt und dein Wirken auf dieser Welt bin.

Ein besonderes - und wirklich hervorzuhebendes - Dankeschön an dieser Stelle geht an meine Mutter Petra, die diesen Text als Zweite gelesen hat und von der ganz viele, wichtige Anmerkungen stammen.

Ohne dich wäre ich nicht ich. Ohne dich wäre Robin nicht Robin. Du, deine unbändige Energie, deine Fürsorge und deine Verrücktheit sind so ein Geschenk!

Und natürlich ist hier ganz wichtig mein Papa Wolfgang zu nennen, der meine Freude für Erzählungen und Bücher in frühester Kindheit in mir geweckt hat. Er hat mir nicht nur ausgedachte Geschichten erzählt, sondern mir auch die gesammelten Werke Tolkiens vorgelesen (natürlich aufgrund meines jungen Alters leicht zensiert).

Was für eine Inspiration und Grundlage für meine Kreativität du warst, Papa, ist kaum in Worte zu fassen.

Ein mega Dankeschön geht außerdem raus an meinen großen Bruder Ulli. Er hat mir die Freude des Reisens vorgelebt, mich zum Vanlife ermutigt und mir schon so oft zur Seite gestanden, wenn mein rollendes Büro und Transportmittel streikte.

Das Reisen, und damit auch du, lieber Ulli, hat mein Tor zum Schreiben wieder geöffnet.

Tausend Dank geht natürlich auch an Ronia, die das Cover so liebevoll und wunderschön gestaltet hat, wie ich es mir nicht besser hätte erträumen können.

Meine langjährige Seelenfreundin, die mein Fluchen, mein Weinen und mein Feiern mit mir geduldig erlebt, du bist so ein Schatz für mich.

Bedanken möchte ich mich auch bei Roger, dessen Unterstützung, während Robins Entstehung unfassbar wertvoll war.

Dein prüfendes, korrigierendes Auge und dein Rückhalt haben mir viel bedeutet.

Außerdem ganz wichtig: Ein riesiges Danke an Frau Steinborn, die beste professionelle Lektorin, die ich mir hätte wünschen können und die mir auch in Phasen voller Zweifel einfühlsam zur Seite stand.

Sie haben ein so wunderbares Gefühl für meinen Text entwickelt, ihn ergänzt, poliert und korrigiert, wie es niemand hätte besser machen können.

Für verschiedenste Inspirationen in so mancher Szene, für eure Unterstützung, eure Prägungen, euren Humor, eure Art zuzuhören und vor allem euer emotionales Haltgeben mag ich mich auch noch bedanken bei

Bianca, Bruno, Chris, Christa, Christian, Hanna, Jenny, Karl, Lena, Linda, Nelly, Sandra und Tamara.

Ihr seid einfach die Größten!

Ich merke, ich kann mich in der Danksagung nicht kurzfassen, da auch noch fünf ganz wichtige Menschen zu nennen sind, die mich zutiefst berührt und inspiriert haben: DANKE Sabine, Frau L., Frau R., Frau S. und Herr H.

Über mich

Die Beschreibung meiner eigenen Person ist nicht ganz unkompliziert für mich. Vor allem, weil sie sich immer wieder wandelt und verändert. Trotzdem habt ihr eine Antwort auf die Frage verdient, von wem ihr ein Buch lest. Deshalb probiere ich es doch einmal:

Ich bin Camperin aus Leidenschaft, Psychotherapeutin und Fan des Universums. Ich bin gern draußen unterwegs und verbringe viel Zeit in meinem VW-Bus. Mein Studium habe ich 2013 mit einem Master of Science in Psychologie abgeschlossen und meine Approbation zur Verhaltenstherapeutin angeschlossen. Mit diesem Abschluss und auch schon währenddessen habe ich in zwei verschiedenen Kliniken gearbeitet und mich schließlich in eigener Praxis selbstständig gemacht. Diese wiederum habe ich 2022 in eine Onlinepraxis umfunktioniert und biete seitdem online psychologische Begleitung für Menschen an, die genauer hinblicken und hinfühlen möchten. Ich mag meinen Job, liebe Eiscreme und stehe am liebsten zwischen 8 und 9 Uhr morgens auf.

Sucht euch aus diesen Infos ruhig diejenigen raus, die für euch wichtig sind. Zutreffend für mich sind sie (augenblicklich) alle.